스피릿 베어의 기적

스피릿베어의 기적

벤 마이켈슨 씀 | 이승숙 옮김

양철북

차례

2부

스피릿베어, 바깥세상 속으로

원의 모든 곳에는 시작과 끝이 존재한다.
그리고 원에서는 모두가 하나이다.

일러두기 본문의 괄호 안은 모두 옮긴이 주입니다.

프롤로그

이제 섬을 떠날 때가 되었다

(알래스카 남동부 외딴 섬)

보호관찰관 가비가 쇠지레를 들고 오두막 문간에서 콜을 마주보았다.

"그게 뭐예요?"

콜이 가비를 뚫어지게 쳐다보며 물었다.

"이 오두막을 부수려고."

"안 돼요, 제가 지은 거란 말이에요."

콜이 따지듯 소리쳤다.

"그래. 내가 아니라 바로 네가 지었지. 널 위해 지었던 첫 오두막을 네 녀석이 불태워 버렸으니까."

가비가 콜의 손에 지레를 쥐여 주며 되받아쳤다.

"제 잘못을 절대 잊지 않게 하려는 거죠, 그렇죠?"

콜이 물었다.

"네가 이 섬에서 일어났던 일은 뭐든 안 잊었으면 좋겠구나. 이 오두막은 너 자신을 지키기 위해 스스로 지었어. 안 그러니?"

"그렇죠. 하지만 다른 사람이 쓸 수도 있잖아요."

"스스로 이 오두막을 지은 덕분에 넌 좋은 성품을 기를 수 있었어. 다른 사람에게도 기회를 줘야지. 이제 너의 일은 책임지고 이 땅을 처음 만났던 상태 그대로 되돌려 놓는 거다. 너 자신이 거대한 순환의 일부라는 걸 넌 다른 사람보다 더 잘 이해해야지. 주변을 악화시키는 것이 너 스스로를 악화시키는 거니까. 땅도 사람들처럼 치유가 필요한 법이야."

가비가 일렀다.

"오두막을 부수는 게 어떻게 땅을 치유하는 거예요?"

"이 오두막은 나무나 동물처럼 자연의 일부가 아니야. 네가 없어도, 자연은 나무 바닥을 썩게 하고 못은 녹슬게 해서 스스로를 치유해. 바람이 일일이 벽을 떼어내고, 이끼로 지붕을 덮어 버리겠지."

"정말 아까워요."

콜이 억지를 부렸다.

"네게만 그렇지. 지구는 다시 풀을 자라게 하고 동물들에게 먹이를 주는 곳으로 돌아가길 원해. 동물들이 이 오두막을 두려워할 거다."

"우리 토템은 어떻게 해요?"

콜이 나무 기둥을 가리키며 물었다. 친구 피터와 함께 만조 수위선(밀물 때 해면이 가장 높아진 상태에서 해면과 육지의 경계선)보다 높게 해안가에 박아 놓은 것이었다. 이 섬에 고립되어 있는 동안에 둘이 나무 기둥에 조각한 이미지들이 지금은 자랑스럽게 바다를 향해 있었다.

"토템은 그냥 둬도 돼. 동물들이 두려워하지 않을 테니까."

콜은 한숨을 내쉬었다.

"오두막을 그냥 태워 버리면 안 될까요?"

가비가 머리를 설설 내저었다.

"그럼 공해가 발생해. 네가 처음 태웠던 오두막 자리에 다시 식물이 자라려면 몇 년이 걸릴 거다. 흙 속에 사는 미생물들도 죽여 버렸으니까."

마지못해 콜은 벽널을 느슨하게 떼어냈다. 틀링깃 인디언 늙다리와 입씨름을 해 봤자 소용이 없었다. 가비에겐 모든 상황이 옳거나 그르거나 둘 중 하나였다. 살아 있는 모든 것이 우주의 다른 모든 것에 영향을 준다고 여겼다. 가비에게는 단지 선택과 결과가 중요했다. 우주적 효과를 낳지 않는다면 코를 후비는 것도 안 되었다.

콜은 해안가로 슬쩍 눈길을 돌렸다. 피터가 손전등, 조리 기구, 슬리핑백과 다른 물건들을 알루미늄 소형 보트에 싣고 있었다.

"지은 사람이 부셔야 해. 피터의 도움은 기대하지 마."

가비의 핀잔에 콜이 퉁퉁거렸다.

"그냥 쳐다본 거예요."

가비가 손가락으로 가리켰다.

"플라스틱, 유리, 낡은 지붕널, 방수포처럼 썩지 않는 것은 도로 드레이크로 가져가서 쓰레기장에 파묻도록 해. 널빤지는 못을 모두 뽑아내고 숲속 깊이 가져다 놓고. 그곳에서 다시 땅의 일부가 될 테니. 내년 이즈음이면 모두 썩어서 사라질 거다. 어머니이신 지구가 재빨리 당신의 것으로 되돌려 놓으시거든."

두 시간 동안 콜은 일을 했다. 피터와 가비는 짐을 다 꾸려 놓고, 바닷가 바위에 앉아 서로 이야기를 나누고 있었다. 오두막이 해체되고 나서야, 가비가 건너와서 삽으로 땅을 대충 파헤쳤다. 그러고는 헤쳐 놓은 흙 위에 나뭇잎과 솔잎을 뿌려 놓았다.

"다시 이곳이 치유되겠구나."

가비가 눈을 감고 읊조렸다. 가비의 입술이 소리 없이 움직이고 있었다. 말을 마치자 가비가 콜에게 돌아섰다.

"떠나기 전에 피터와 못에 다녀오렴. 한 번 더 못에 몸을 담그고 조상바위를 나르면 좋겠구나. 너희가 섬을 떠나서도 견디게 해 줄 힘이 될 테니."

콜이 함께 가자고 피터를 불렀다.

"엣투를 가져갈게."

피터가 콜이 준 담요를 언급했다. 엣투는 손으로 토템 이미지를 빨간색 실과 파란색 실로 짜서 만든 담요로, 콜이 섬에 첫발을 디뎠을 때 가비가 콜에 대한 믿음을 증명하기 위해 주었던 것이다. 그 전에는, 대대로 틀링깃 인디언들에게 전해져 왔다.

그들이 시내를 따라 올라갈 때 피터는 어깨를 엣투로 감싸고 콜을 따라왔다. 몇 발짝 뗄 때마다 피터가 비틀거렸다. 그러면서도 피터는 일으켜 주려는 도움을 거절했다.

"네에에가 언제나 날 도와줄 순 없잖아."

피터가 더듬거렸다.

콜은 걸음을 늦추었다.

그들은 잔잔한 못에 닿자, 옷을 벗고 주저 없이 안으로 들어갔다. 콜은 차가운 물에 들어가도 더는 숨을 흠칫거리지 않았다. 이제는 살을 에는 듯한 냉기를 반갑게 맞이했다. 물속 바위에 앉아서 콜과 피터는 눈을 감고 숨을 들이쉬었다. 깊이 심호흡을 하면서, 콜은 자신이 보이지 않게 된다고 상상했다. 다른 사람의 눈에 띄지 않는 게 아니라, 늘 가비가 말했던 거대한 순환의 일부로 풍경, 공기와 우주, 자신을 둘러싼 그 모든 것에 조화를 이룰 만큼 고요해지는 것이었다. 가까이에서 다람쥐 한 마리가 그루터기를 가로지르는 또 다른 다람쥐를 쫓아갔다. 물고기 떼가 콜의 다리 근처에서 헤엄쳤고, 새소리가 공간을 가득 채웠다. 마음이 복잡할 때는 전혀 알아차리지 못하는 풍경이었다.

콜은 이런저런 생각이 떠오르는 것을 내버려 두었다. 세상은 온갖 다른 힘으로 채워져 있다. 동물, 자연, 치유처럼 좋은 기운 덕분에 콜은 이곳에 적응했다. 다른 한편엔 매일 밤 부모님이 싸워대던 미네소타에서의 삶이 있다. 술에 취해서 온 집 안을 휘젓고 다니던 아버지가 생각났다. 강한 위스키 냄새를 내뿜으며, 벌건 눈으로 자신을 노려보던 아버지의 꽉 쥔 주먹에는 어김없이 채찍으로 사용하는 허리띠가 건들거렸다.

불량배들로 득시글거리는 학교는 더 나을 게 없었다. 살아남기 위한 유일한 방법은 맞서 싸우는 것이었다. 콜은 술을 마시고 마약을 시도했던 일들이 떠올랐다. 온종일 일만 하는 부모는 신경 쓰지 않았다. 콜이 외계인이 되었어도 눈치 채지 못했을 터다.

이에 반발해서, 콜은 도둑질을 하고 법적 분쟁을 일으키기 시작했다. 그러던 어느 날 피터 드리스칼이 철물점에 난입했던 콜을 일러바쳤고, 콜은 녀석을 흠씬 팬 뒤 보도에 머리를 짓이겨 버렸다. 그 일로 뇌 손상을 입은 피터는 이제 말을 더듬고, 몸을 앞으로 기울인 채 비틀거리며 걷게 되었다.

콜이 폭행과 강도질로 고소를 당하자 콜의 부모는 보석금 내는 걸 거부했다. 지금도 가비가 개입하지 않았다면 어떤 일이 벌어졌을까 콜은 궁금했다. 원형 평결 심사라는 대안을 제시한 가비는 틀링깃 보호관찰관이었다.

교도소에 가는 대신, 콜은 알래스카의 외딴 섬에서 일 년간의 유배 생활을 제안 받았다. 고립 생활은 콜이 마음과 영혼을 회복하기 위해 노력한 자기 탐색, 곧 불완전하나마 비전 탐구(북미 인디언 부족에서 남자아이에게 행하던 일종의 성인식 통과 의례)가 되었다. 하얀 스피릿베어에게 공격당해서 거의 죽을 뻔했던 곳도 이곳이다. 콜이 자신의 생존을 위해 또 다른 틀링깃 인디언인 에드윈이 지어 놓은 오두막을 화가 나서 태워버린 곳도 여기였다. 하지만 결국 손을 뻗어 스피릿베어를 살며시 어루만지고, 삶의 아름다움을 발견하고 거대한 자연의 순환에서 제 위치를 찾은 곳도 바로 이곳이었다.

그 해는 무척이나 힘겨웠다. 몸을 회복한 뒤에, 콜은 조건을 걸고 섬에 되돌아갈 수 있다는 허락을 받았다. 제 손으로 또 다른 오두막을 짓고 제 물건을 팔아서 유배 비용을 마련해야 했다. 그래서 오늘 아침 이 작은 오두막을 부셔야 한다는 사실이 몹시 견디기 어려웠다.

온갖 상념이 못에 잔물결을 일으킨 산들바람을 따라 표류하자 콜은 더 깊이 호흡하며 심장 박동을 늦추었다. 차츰차츰 콜은 자신이 미니애폴리스에서 온 175센티미터의 십대라는 것을 잊었다. 숨을 쉴 때마다 주변 풍경 속으로 녹아들었다. 차원이 느껴지지 않았고, 자신이 지금 앉아 있는 바위나 머리

위에서 빙빙 날고 있는 독수리보다 더할 것도 덜할 것도 없다고 느꼈다. 바로 지금 이 순간, 거대한 순환의 일부가 된다고 했던 가비의 말이 어떤 의미인지 이해되었다. 콜은 자신이 구름과 함께 떠다니고, 나무들 사이로 살랑거리는 바람의 일부가 된 듯했다.

마침내 눈을 떴을 때 콜은 얼마나 오래 못에 잠겨 있었는지 가늠이 안 갔다. 순간 어떤 존재감이 느껴져서 느릿느릿 머리를 돌렸다. 2미터도 채 떨어지지 않는 곳에 하얀색의 거대한 스피릿베어가 산들바람에 텁수룩한 털을 어른대며 콜을 쳐다보고 있었다. 곰은 무심하지만 다 안다는 눈을 하고 당당하게 서 있었다.

콜 옆에서, 피터도 흰 곰에 매혹되어 가만히 응시하며 앉아 있었다. 곰은 그들이 쳐다보고 있음을 알아차린 게 틀림없었다. 몸을 돌려 덤불 속으로 스르륵 사라졌다.

"스피릿베어가 보고 싶을 거야."

피터가 소곤거렸다.

그들은 한동안 말없이 앉아 있다가 물가로 걸어 나왔다.

"이제 조상바위를 나르자."

콜이 물기를 닦고 옷을 입으며 우물거렸다. 숲에서 큰소리를 내는 건 자연에 무례하게 구는 것만 같다.

그들은 이내 옷을 다 입었다. 그러고는 셀 수 없이 많이 날랐던 큼지막한 조상바위를 집어 들었다. 오른팔은 부상으로 몹시 약해져서, 콜은 왼팔로 돌덩이를 옮겼다. 언덕을 올라가면서, 콜은 바로 지금 이 순간 이곳으로 제 삶을 이끌어 준 그보다 앞서갔던 수세대에 걸친 조상들을 떠올렸다. 그러면서 미니애폴리스로 돌아갔을 때 조상들의 삶을 자신의 어리석음으로 낭비하지 않겠다고 스스로 다짐했다.

언덕 꼭대기에 다다르자, 콜과 피터는 땅에 돌덩이를 내려놓고 확 밀었다. 돌덩이가 데굴데굴 비탈을 굴러가자, 콜은 제 인생의 좌절과 분노가 함께 굴러가 버리는 상상을 했다. 이윽고 콜은 완전히 침묵한 채 피터를 따라 오두막이 있던 장소로 돌아갔다.

가비가 보트 옆에서 참을성 있게 그들을 기다리고 있었다.

"그래, 잘했니?"

가비가 물었다.

"우우우리 스피릿베어를 봤어요."

피터가 더듬거렸다.

"스피릿베어가 바로 못까지 왔었어요."

콜이 거들었다.

가비가 미소를 지었다.

"잘 됐구나."

"다시는 스피릿베어를 볼 수 없어서 슬퍼요."

콜이 아쉬워했다.

"언제나 스피릿베어를 보게 될 거다."

가비가 말했다.

"미니애폴리스에서는 못 봐요."

피터가 안달했다.

"아니, 네가 보려고 하면 스피릿베어는 언제나 볼 수 있어."

1부

그리운 스피릿베어

다시 대도시로

(2주 뒤, 미네소타 주 미니애폴리스)

등교하는 첫날 아침은 무척이나 낯설었다. 섬에서는 새벽마다 돌투성이 길을 걸어서 못으로 갔다. 사방에서 울부짖는 갈매기 소리, 날카로운 올빼미 소리와 덤불 속에서 툭툭 부러지는 나뭇가지 소리가 들렸고 소나무 향기, 바닷물과 썩어 가는 해초의 자극적인 냄새가 공기를 가득 채웠다. 때로는 범고래들이 수면 위로 튀어 오르면서 기운을 북돋는 소리로 정적을 깨뜨렸다. 그리고 콜은 항상 숲속 깊은 곳에서 그를 조용히 지켜보는 스피릿베어의 비밀스러운 눈길을 느꼈다.

이곳 도시의 매끄러운 보도를 걸어갈 때는, 배기가스 냄새가 났다. 개들이 짖어 대는 소리, 쓰레기를 수거하는 트럭 소리, 옆을 스쳐 지나는 차량들의 소음이 들렸다. 멀리서 사이렌도 울렸다. 콜은 스피릿베어가 보고 싶었다. 도시가 외계 행성처럼 느껴졌다. 이 모든 것에서 귀를 막고 눈을 덮어 버리고 싶었다. 이런 세상에 적응이 안 됐다.

콜은 걸으면서 주차된 차의 창에 비친 제 모습을 바라보았다. 섬에 있는 동안 키는 더 자랐고 몸은 더 홀쭉해졌다. 피부는 까무잡잡해지고 거칠어졌지만, 근육은 강해지고 단단해졌다. 예전 옷이 더는 맞지 않아서, 새로 사 입은 옷들이 어색하게 느껴졌다.

학교에 가까워지자, 콜은 다친 오른팔을 허리에 딱 붙이고 흐느적거리지 않으려고 애썼다. 뼈와 근육을 다쳤기 때문에, 그냥 내버려 두면 팔이 어색하게 흔들린다. 콜은 감히 그것을 드러낼 용기가 없었다. 주변에 불량배들이 있다면, 콜은 늑대들 앞에 놓인 부상당한 토끼나 마찬가지 신세인 것이다.

콜은 두려움과 좌절감을 억눌렀다. 섬에서 감정을 자제하도록 배웠다. 가비와 에드윈은 분노는 기억이기 때문에 절대로 완전히 해소할 수는 없다고 했다. 대신 선한 것에 집중하는 법을 익혔다. 좋은 날은 구름이 없는 날이 아니라, 되레 구름 뒤에 숨어 있는 햇살을 발견하는 날이었다.

여기 도시에서도 똑같이 집중할 수 있을까? 미니애폴리스로 향하는 비행기에 발을 디딘 순간부터 그 걱정이 콜의 용기를 좀먹기 시작했다. 섬에서의 일들이 단순히 추억일 뿐이고 스피릿베어가 과거의 유령일 뿐이라면 어떤 일이 벌어질까?

콜이 불량배 패거리들에게 돌아왔을 때 어떤 일이 발생할까? 학생들은 한때 말썽거리를 찾아서 복도를 배회하던 분노에 찬 예전 모습의 콜만 기억할지 모른다. 그리고 그 옛날의 분노한 콜이 여전히 존재하고 있을지 모른다. 어느 날 불쑥 예고 없이 돌아오게 될 그 괴물이.

학교에 가까워질수록, 매듭이 단단하게 목을 졸라매는 것 같아서 콜은 침을 삼킬 수가 없었다. 미니애폴리스 센트럴 고등학교의 마스코트 불도그 조각상이 정문 잔디밭의 낯익은 받침돌 위에서 콜을 향해 으르렁거리는 듯했다. 개의 한쪽 다리는 떨어져 나갔고 한쪽 귀는 없어져 버렸다. 콜은 대리석 받침돌에 스프레이로 낙서했던 기억이 떠올랐다. 지금은 불량배 패거리의 상징들이 붙어 있었는데, 콜이 알지 못하는 것들도 있었다. 너덜너덜해진 불도그를 바라보자 당당하고 신비로운 스피릿베어가 먼 꿈처럼 여겨졌다.

학교 바깥에서 무리를 이룬 아이들이 어슬렁거리며, 서로 밀고 툭 치며 이름을 불러댔다. 대부분 배기팬츠와 티셔츠를 입고 있었다. 조직의 색깔을 나타내는 머리두건을 하거나 재킷을 입은 아이들도 있었다. 벌써 사탕 포장지와 음료수 깡통으로 잔디밭은 어지럽혀 있었다.

몇몇 아이들은 알아보았지만, 콜은 그 애들조차 낯설게 느껴졌다. 벌써 각 파벌과 조직에 속한 아이들은 끼리끼리 모이기 시작했다. 프레피(부유한 사립학교 스타일), 운동선수, 고스족(검은 옷, 하얀 피부, 짙은 눈 화장으로 기괴하고 공포스런 분위기를 조성하는 무리), 지지 그룹을 나타내는 빨강 무리와 파랑 무리, 흑인들, 아시아인들, 히스패닉들 그리고 열두 개의 패거리들이 더 있었다. 그들은 제각각 경멸과 불신이 담긴 눈빛으로 다른 패거리를 빤히 노려보고 있었다.

콜은 어항 안을 들여다보는 듯한 느낌이었다. 이제는 어떤 패거리도 이해가 안 되었다. 피터를 흠씬 패주었을 때는 열다섯 살로 10학년이었다. 지금은 열일곱 살이 되어 돌아왔지만 빼먹은 수업들 때문에 11학년으로 시작해야 했다. 왠지 삶의 경험이 풍부해진 기분이었다.

긴 갈색 생머리를 한 평범한 백인 여자애가 학교로 다가오고 있었다.

"야, 창녀!"

정문 근처 계단에 앉아 있던 한 여학생이 외쳤다.

평범한 여자애는 눈을 내리뜨고 묵묵히 보도 쪽으로 걸어갔다.

"누가 누굴 창녀라고 부르냐!"

운동선수 중에 누군가가 고함쳤다.

"입 닥쳐, 새끼야!"

그 여학생이 되받아 소리쳤다.

"너나 입 닥치셔, 창……!"

운동선수가 맞받아 쏘아붙였다.

갑자기 콜은 '멈춰! 다들 그만둬!'라고 소리치고 싶었다. 그러자 가비의 말이 콜에게 되돌아왔다.

"네 주변을 악화시킨다면, 너 스스로를 악화시키는 거다."

이 애들은 모든 말 하나하나가 스스로를 파괴하고 있다는 걸 알까?

콜을 알아본 학생들이 고개를 돌려 빤히 쳐다보았다. 그들의 속삭임이 들려오자, 콜의 맥박이 빨라지고 얼굴이 화끈거렸다. 예전이었다면, 누구든 건방지게 노려보는 애에게 덤벼들었을 것이다. 곧바로 콜은 심호흡을 하며 눈을 내리뜨며 맞설 경우 벌어질 일을 걱정했다.

익숙한 목소리가 콜의 생각을 방해했다.

"야, 너."

피터가 뒤뚱 걸음으로 부리나케 다가오며 불렀다.

"자아알 지냈니?"

"응. 넌 어땠어?"

피터의 얼굴에서 미소가 사라졌다.

"벌써 두 애가 날 지진아라고 불렀어. 여전히 섬에 있으면 좋겠다. 돌아가서 못에 몸을 담그고 싶어."

콜은 친구의 불안한 얼굴을 찬찬히 살폈다. 구타와 뇌 손상 때문에 피터는 지나치게 감정적으로 변했다. 이따금 동시에 웃다가 울다가 했다. 콜은 피터가 섬에 왔던 첫날 밤이 떠올랐다. 여전히 공격을 당하고 있는 듯 피터가 잠에서 깨어나

비명을 질러댔었다. 시간이 흐르면서 피터의 두려움은 가라앉았지만, 이곳 도시에서 유령 같은 생각들이 되돌아올까 봐 걱정이었다.

콜은 피터의 상처에 책임감을 느꼈지만, 피터를 도와준 이도 자신임을 알았다. 피터가 두 번째 자살을 시도하자, 콜은 두려움에 찬 소년에게 섬으로 오라고 제안했다. 피터가 두려워하는 괴물이 더는 존재하지 않다는 걸 보여 주고 싶었다.

피터의 부모님은 처음엔 거절했지만, 절망에 빠져 마침내 가비가 그들의 아들을 보호한다는 조건으로 두 소년이 함께 지내는 데 동의했다.

섬에서 콜은 실을 꼬아서 만든 담요나 붓을 놀려 그린 그림처럼, 피터도 자신보다 훨씬 더 큰 존재의 일부임을 발견하도록 온 힘을 다해 도와주었다. 섬에서 피터는 자아를 깨닫도록 배웠지만 집중하는 법을 익히지는 못했다.

학교 운동장에 서서 다른 학생들을 바라보는 콜의 마음속에 온갖 감정이 북받쳐 올랐다. 계속 한 생각이 뇌리에서 떠나지 않았다. 한때 피터가 두려워했던 괴물이 여전히 자신 안에 존재하고 있을지도 모른다는…….

수업마다 콜은 눈에 띄지 않게, 뒤쪽 책상을 골라 앉았다. 점심시간에는 혼자 앉아 천천히 점심을 먹었다. 음식을 삼키기 전에 한입 가득 물고 씹으면서 감사를 드렸다. 주위에 있는 애들은 얼굴에 음식을 쑤셔 넣으며 이러쿵저러쿵 불평해 댔다.

"이 햄버거는 최악이야!"

어떤 여자애가 투덜거렸다.

"프렌치프라이도 마찬가지야."

다른 학생이 거들었다.

아이들이 절반이나 남은 음식을 쓰레기통에 퍼붓고 있었다. 콜은 그 모습을 지켜보면서 저 애들이 섬에서 굶어 죽을 뻔했다면 어떻게 행동했을지 생각해 보았다. 단지 살기 위해 토한 음식이나 곤충과 쥐를 잡아먹어야 한다면 저 애들은 어떻게 할까? 스피릿베어를 만져 보았다면 어떻게 할까?

마지막 시간에 조회가 열렸다. 피터를 찾을 수가 없어서, 콜은 계단에 홀로 앉아 있었다. 고함치며 밀고 찔러대는 아이들을 무시했다. 교사들은 광포한 불도그 마스코트 벽화 아래에 다 함께 모여 있었는데, 학생들에겐 무관심한 채 벽에 기대어 그들끼리 이야기를 나누고 있었다.

체육관 바닥에서는, 말쑥한 옷차림새의 키 작은 여자가 연단으로 걸어 나와 마이크를 톡톡 쳤다.

"여러분 주목하세요! 나는 새로 부임한 교장 케네디입니다."

교장의 말소리는 마치 녹음을 한 듯 단조로웠다.

"헤이 마귀할멈, 당신이나 주목하셔!"

한 학생이 되받아 소리쳤다.

교장이 마이크를 더 가까이 당겼다.

"환영합니다! 난 새로 온 여러분의 케네디 교장입니다. 자랑스러운 불도그의 고향, 미니애폴리스 센트럴 고등학교에 돌아온 걸 축하하기 위해 이 조회를 열었습니다. 참석해 주어서 고맙습니다."

"우리가 뭘 선택할 수 있나요?"

다른 학생이 외쳤다.

교장이 웃고 떠들어대는 학생들을 향해 계속 단조로운 목소리로 말을 이어갔다. 마침내 조회가 끝났을 때, 콜은 스스로를 보호하며 난폭하게 구는 아이들을 피해다녔다.

한 학생이 고함쳤다.

"저 교장 일주일도 못 버티겠는걸!"

어쩌면 아이들 말이 옳을지도 모른다. 그때 콜은 옆문으로 학교를 빠져나가는 피터를 발견하고 부리나케 달려 따라잡았다.

"야, 새 교장선생님 어떠니?"

콜이 물었다.

"고오요장선생님이 점심으로 아작아작 씹혀 먹힐 것 같아."

콜은 시인한다며 머리를 끄덕였다.

"첫날인데 어땠니?"

피터가 대답하지 않고 보도 쪽을 물끄러미 바라보았다.

"더 많은 애들이 널 놀렸니?"

피터가 어깨를 으쓱였다.

"그건 큰일도 아니야. 넌 어땠어?"

콜은 서커스 아나운서가 된 양 굴었다.

"자 이리 오세요. 곰에게 공격을 당한 별난 소년을 보세요!"

콜이 이렇게 외쳤다.

피터는 소리 내어 웃으면서 재잘거렸다.

"머리통이 깨지고 자살하지 않으려고 알래스카로 가야만 했던 소년도 보세요."

콜이 비통하게 대꾸했다.

"내가 싸우면 바로 교도소행이라는 걸 아이들이 다들 알게 되면 우린 둘 다 곤란해져."

피터가 이마를 찌푸렸다.

"우린 섬에서 했던 것처럼 생각해야 해. 그렇지 않으면 우리가 처음 시작했던 곳으로 돌아가게 될 테니까. 지금 당장 못에 몸을 담그고 싶어. 이 모든 문제가 없어지게."

"내가 뭐든 찾아볼게."

콜의 말에 피터가 대꾸했다.

"네가 못을 발견한다면, 내가 조상바위를 나를 방법을 알아볼게."

곧이어 피터가 시계를 쳐다보며 말을 이었다.

"야, 나 집에 가야 해."

콜은 다리를 절뚝거리며 떠나는 친구를 쳐다보고는 제집으로 향했다. 콜의 어머니는 지금 화물 회사의 사무실 매니저로 일하고 있어서 두어 시간 뒤에나 퇴근할 것이다. 그래서 콜은 못을 대신할 만한 장소를 찾아보기로 했다.

콜이 몇 블록 걸으며 프레이저 식료품 가게 앞을 지나던 참이었다. 느닷없이 아이디어가 머릿속에 떠올랐다. 그곳은 어머니와 함께 들르곤 했던 가게였다. 예전에 아버지와 함께 나들이를 가려고 했을 때 어머니가 계산원에게 냉동 햄버거 한 상자를 살 수 있는지 물었었다. 계산원은 냉동식품을 보관하는, 커다란 냉장고 방으로 그들을 안내했다. 콜은 그때 허연 입김을 내뿜고 덜덜 몸을 떨었던 기억이 났다. 그 냉장고 안은 못처럼 추울 것이다.

콜은 망설이다가, 안으로 들어가서 육류 판매대 뒤에서 일하는 키 큰 여자에게 물었다.

"매니저분과 얘기할 수 있을까요?"

"내가 유제품과 육류 담당 매니저야. 베티라고 해."

여자가 하얀 앞치마에 양손을 닦으며 대답했다.

"뭘 도와줄까?"

"좀 웃긴 부탁이 있어요."

"그럼 웃긴 대답을 하면 되겠구나."

"전 일 년 동안 알래스카의 외딴 섬으로 보내져 그곳에서 살았어요."

"어디선가 네 얘기를 읽은 것 같아. 마지막에는 네가 폭행했던 아이와 함께 보내지 않았니?"

콜이 고개를 끄덕였다.

"저흰 매일 아침 차가운 못에 가서 몸을 담그고 우리의 분노를 없애려고 했어요."

콜이 안절부절못하고 손톱을 쪼아댔다.

"여기에는 못이 없어요. 그래서 말인데요. 저희가 여기 냉장고에 좀 앉아 있어도 될까요?"

베티가 화들짝 놀라며 웃음을 터뜨렸다.

"아니 감기 걸리면 어쩌려고. 정말 여기 와서 냉장고 안에 앉아 있고 싶다는 거니?"

콜은 초조하게 미소를 지었다.

"저희가 화나지 않게 마음을 비울 정도면 돼요."

"너희 엉덩이가 얼어버릴걸."

베티가 이렇게 농담을 하고는 콜을 찬찬히 살펴보았다.

"너 진심이구나, 그렇지?"

"저흰 또다시 분노가 솟구치는 걸 막기 위해 못 같은 곳을 찾아야 해요."

"좀 행복해지도록 노력하지 그러니?"

"그게 쉽지가 않아요. 부탁드려요."

베티가 얼굴을 찡그렸다.

"이곳은 내가 굳이 추천할 만한 곳은 아닌데. 학교 가기 전에 오겠니?"

콜이 머리를 끄덕였다.

"좋아. 저기에 플라스틱 의자 두 개를 가져다 놓을 테니 한 번 시험해 보자."

콜은 판매대 너머로 손을 뻗어 베티와 악수했다.

"고맙습니다. 정말 고맙습니다."

콜은 당장 이 계획을 알려 주려고 피터 집까지 여섯 블록을 걸어갔다. 피터의 부모님이 집에 없길 바랐다. 아직도 그들은 피터와 콜이 함께 있는 모습을 보고 싶어 하지 않았다. 콜은 바짝 긴장한 채 노크했다.

"어쩌어언 일이야?"

피터가 문을 열고 어깨너머를 힐끗 살폈다.

"누구니, 애야?"

피터 어머니가 손에 행주를 들고 부엌에서 걸어 나왔다. 콜을 보자마자 피터 어머니의 얼굴에서 웃음이 싹 가셨다. 그러더니 갑자기 신중해진 목소리로 물었다.

"무슨 일이니?"

"피터 어머니, 피터와 제가 함께 어울리는 걸 안 좋아하시는 거 알아요. 그런데 이제 우린 친구예요. 전 피터를 해치지 않을 거예요."

"벌써 그렇게 했잖니."

피터 어머니가 쏘아붙였다.

"어쩐 일이야?"

피터가 또다시 물었다.

콜은 피터 어머니에게 자신과 피터가 예전처럼 못에 몸을 담그고 조상바위를 나르고 싶다고 말했다. 그러면서 신중하게 계획을 설명했다.

"냉장고에 앉아 있으면 못에 몸을 담그고 있는 것 같을 거예요. 내일 아침 피터가 저와 함께 가도 될까요?"

콜이 말을 맺었다.

피터 어머니가 주저했다.

"피터 아빠와 의논해 보마."

"어어엄마, 아빠가 안 된다고 할 거 뻔히 아시잖아요. 하지만 아빠가 항상 옳은 건 아니에요!"

피터가 투덜거렸다.

"내 말 신경 쓰지 마. 내일 학교에서 보자."

콜이 둘러댔다.

"아니! 너랑 냉장고에 갈 거야."

피터가 고집스럽게 말했다. 그러고는 어머니에게 몸을 돌렸다.

"엄마, 저도 스스로를 돌볼 줄 알아요. 엄마도 그러길 바라시잖아요. 게다가 저한테 섬에서처럼 조상바위를 어떻게 나를지 아이디어도 있어요."

"그게 무슨 소리니?"

피터 어머니가 물었다.

"그게 통하면 말씀드릴게요. 콜, 지금 당장 가서 내 아이디어를 확인해 볼래?"

피터 어머니가 양손을 들었다.

"이젠 무슨 일을 할 건지 말도 안 하겠다는 거야?"

피터가 먼저 진입로로 내려갔다.

"이 일은 나중에 아빠랑 의논하자."

피터 어머니가 소리쳤다.

"어디 갈 건데?"

그들이 보도로 들어서자 콜이 물었다.

"먼저 구세군 가게에 갈 거야."

"구세군 가게?"

"응, 조상바위를 구하러."

피터의 입술에 엉큼한 미소가 피었다.

콜은 궁금했지만 피터의 힘겨운 걸음에 보조를 맞추며 천천히 뒤따라갔다. 구세군 가게에 다다를 즈음, 피터는 조바심에 거의 폭발할 지경이었다.

"뭘 조상바위로 삼을지 안 물어볼 거야?"

피터가 쏘아댔다.

콜이 미소를 지었다.

"네가 말하고 싶을 때 말해 줄 거잖아."

"볼링공이야."

피터가 앞문을 열고 들어가며 말을 이었다.

"가게 뒤쪽에 볼링공이 한 무더기 있어. 금이 간 것은 일 달러도 안 할걸."

콜은 피터를 따라 열두 개의 볼링공들이 바싹 벽에 붙어 있는 곳으로 들어갔다.

"하지만 이 근처에는 올라갈 만한 언덕이 없잖아."

콜이 말했다.

피터가 공 하나를 집어 들고는 계산대로 갔다.

"내기할래?"

피터가 제안했다.

사이코와 절름발이

콜은 가게에서 볼링공을 들고 피터를 따라 어정쩡하게 나왔다. 피터가 비틀거릴 때마다 콜은 수치심을 느꼈다. 피터 부모님이 여전히 자신을 괴물로 여기는 게 전혀 놀랍지 않았다.

피터는 뒷길에 있는 사람이 살지 않는 아파트 건물에 다다르자 비로소 걸음을 멈추었다. 사용 금지와 접근 금지라고 쓴 경고문이 바깥벽에 붙어 있었다.

"여기가 우리 산이야."

피터가 망가지고 비틀어진 정문 사이로 들어가며 선언하듯 말했다.

"저기 '접근 금지'라고 쓰여 있잖아."

콜이 마지못해 따라가며 알렸다.

"그건 볼링공이 없는 사람한테만 해당돼."

피터가 씩 웃으면서 대꾸했다.

"잡히면 어떡하려고? 그러면 난 가비에게 크게 야단맞을 거야."

"뭘 했다고 잡혀가? 볼링공을 들고 낡은 폐건물에 들어갔다고? 우린 강도도 테러리스트도 아닌데."

피터가 로비를 가로질러 계단으로 다가가며 콜에게 핀잔을 놓았다.

"아니, 미쳤다고!"

"꾸물거리는 것보다는 미친 게 나아."

피터가 어두컴컴한 지하실을 힐끗거리며 말을 이었다.

"저 아래 뭐가 있는지 궁금하네."

"난 안 알아볼 거야."

콜이 대꾸했다.

"언젠간 알아보자."

피터가 말을 건네고 계단을 올라가기 시작했다.

"몇 층이야?"

콜이 멀쩡한 팔로 무거운 공을 고쳐 들며 물었다.

"바깥에서 세어 봤더니 십 층이었어."

피터가 앞서가며 대답했다.

그들이 캄캄하고 곰팡내 나는 계단을 올라가는 동안 유령처럼 섬뜩한 그림자들이 벽에 드리워졌다. 마침내 콜과 피터는 땀을 뻘뻘 흘리며 건물 꼭대기에 올랐다. 그곳은 깨진 유리로 뒤덮여 있었다. 콜은 슬쩍 계단을 내려다보았다.

"위로 올라오면서 우리 조상님 생각은 별로 안 했네."

"내일 많이 생각하기로 하고. 당장 분노를 굴려 버리고 여기서 나가자."

피터가 약속했다.

콜은 주저했다.

"이 공을 계단 아래로 굴리면, 뭔가 부숴 버리게 될 텐데."

"이미 폐가가 된 낡은 건물을 부술 순 없지. 그럼 어떻게 하면 좋을까? 대신 창밖으로 떨어뜨릴까?"

피터가 제안했다.

"그건 더 나빠. 그러다가 사람을 치면 어떡해?"

"겁쟁이."

피터가 부서진 창문 쪽으로 걸어가며 핀잔했다.

"그냥 텅 빈 곳이잖아. 저 아래에 아무도 없어."

"야, 공이 뭔가에 부딪히면 한 시간에 160만 킬로미터는 훌쩍 굴러가겠다."

"그것도 멋지네."

피터가 싱글거렸다. 그러더니 구시렁거리며 공을 들어 창밖으로 내던졌다. 콜은 피터 옆으로 달려가서는 때마침 둔탁한 소리를 내며 땅에 부딪치는 공을 보았다.

"정말로 튀네. 이제 네 차례야."

피터가 소리 내어 웃었다.

"너 진짜 미쳤구나."

콜이 이렇게 말하고 얼른 공을 창밖으로 밀었다.

"여기서 나가자."

콜은 땅에 내리치는 공을 확인하지도 않고, 재빨리 돌아서서 후닥닥 계단을 내려갔다.

정문 밖으로 달려갔을 때, 콜은 경찰차가 그들을 기다리고 있을 것만 같았다.

"공을 가지러 가자."

피터가 앞장서서 폐건물 주위를 돌아갔다.

뒤따라간 콜은 조각조각 부서지지 않은 공을 보고 깜짝 놀랐다. 딱딱한 땅에 움푹 팬 흔적이 공이 떨어진 곳임을 표시하고 있었다. 콜은 제 공을 집어 들고 거리로 향했다.

"여기서 나갈 거야."

"공은 여기 두고 가야지. 날마다 그걸 들고 왔다 갔다 할 거니?"

마지못해 콜은 도로 안에 들어가서 계단 아래에 볼링공을 놓고 오기로 했다.

"알았어, 이제 그만 여기서 나가자. 난 이곳이 좀 오싹해."

"내일은 우리 조상님들을 생각하며 눈을 감고 분노를 날려 버리는 상상을 해 보자. 그나저나 내일 몇 시에 식료품 가게에서 만날까?"

집으로 돌아가는 길에 피터가 물었다.

"학교가 여덟 시에 시작하니까, 일곱 시쯤이면 되겠지. 네 아빠가 괜찮다고 하실까?"

"괜찮다고 하실 리가 없지."

갑작스레 피터가 어딘가를 가리켰다.

"야, 저길 봐!"

반 블록 앞쪽에 빌딩 옆으로 사라지는 하얀 섬광이 보였다. 콜은 소스라치게 놀라며 피터를 곁눈질했다.

"스피릿베어 같아."

피터도 믿을 수 없다는 듯 고개를 끄덕였다.

두 소년은 쏜살같이 달렸다. 순식간에 모퉁이를 돌아갔지만, 보이는 건 쓰레기를 쌓아 놓은 쇼핑 카트 옆에 서 있는 늙은 노숙인이었다. 칼로 깎았는지 수염은 들쑥날쑥했고, 따뜻한 가을날인데도 어깨에 허연 담요를 걸치고 있었다. 그들이 쳐다보자, 노인이 나무 조각을 꺼내 깎기 시작했다.

노인은 위를 올려다보았다가 빤히 쳐다보는 그들과 눈이 마주쳤다. 재빨리 콜과 피터는 모퉁이를 돌아가서 걸음을 멈추고 웃음을 터트렸다.

"맙소사! 흰 담요를 둘러쓴 할아버지라니. 어떻게 스피릿베어라고 생각했을까?"

피터가 낄낄거렸다.

"알래스카에 있었을 때 우리 뇌가 얼어 버렸나 봐."

"그만 집에 가자. 내일 아침에 만나."

피터가 잠시 망설이다가 말을 걸었다.

"야, 콜."

"왜?"

"네 친구인 게 재미있어."

나중에 어머니가 퇴근했을 때, 콜은 아침마다 냉장고 안에 앉아 있으려는 계획에 대해 털어놓았다.

"그곳 매니저께서도 효과가 있는지 그렇게 해보자고 하셨어요."

어머니가 알 수 없는 표정으로 콜을 쳐다보았다.

"냉장고 안에 앉아 있지 말고 분노를 없앨 수는 없니? 다른 사람들은 어떻게 분노를 없앨까?"

"많은 이들이 분노를 없애지 못해요."

어머니가 자신의 생각을 떨쳐내려는 듯 망설였다.

"다른 사람을 곤란하게 안 하겠다고 약속해."

"약속할게요."

콜은 어머니를 안심시켰다. 어머니 눈에 어린 의심의 빛을 보자, 폐건물 밖으로 볼링공을 떨어뜨린 일에 대해서는 말하지 않기로 했다. 그 말에 어머니의 신경이 곤두설 게 분명했다. 콜이 화제를 돌렸다.

"지금 아빠 어디 살아요?"

"도시 건너편, 직장이랑 더 가까운 곳."

어머니가 수납장에서 빗자루를 꺼내면서 콜의 시선을 피

했다.

"왜?"

콜은 어깨를 으쓱였다.

"그냥 궁금해서요. 제가 떠날 때 작별인사하러 공항에도 안 나오셨잖아요. 아직도 제게 화가 많이 나셨나요?"

"이제 난 네 아빠가 어떤 생각을 하는지 몰라."

어머니가 수납장 문을 쾅 닫으며 대답했다.

"이혼 판결이 났어요?"

"최근 몇 달 동안 최종 심의가 있었어."

어머니가 비질을 시작하며 말을 이었다.

"네가 원한다면 엄만 네가 아빠 만나는 걸 막지 않아. 하지만 난 아빠를 보고 싶지 않구나. 그는 더 이상 이십 년 전에 내가 결혼했던 남자가 아니야."

"우리는 아무도 예전의 자신이 될 수 없어요."

콜은 집안 이곳저곳을 돌아다니며 청소하는 어머니를 따라가며 대꾸했다. 방마다 어린 추억과 감정이 콜의 마음을 휩쓸었다. 세탁실은 아버지가 허리띠를 휘두르며 맨 처음 콜을 때렸던 곳이다. 하지만 둘이서 숨바꼭질 놀이를 했던 곳이기도 했다.

마침내 어머니가 청소를 끝냈다.

"배고프니? 너 허수아비처럼 보여. 소나기를 만나 흠뻑 젖어서 고생하는."

"섬에서 굶기만 했던 건 아니에요. 먹는 게 그다지 중요하지 않아서 많이 먹지 않았을 뿐이에요."

콜이 설명했다.

"나도 섬에 가야겠구나."

어머니가 엉덩이를 툭툭 치며 농담했다.

"우리 핫도그 두어 개로 해결해야겠는걸."

콜은 어머니보다 앞서서 부엌으로 걸어갔다.

"저기, 제가 보여드릴 게 있어요."

어머니가 궁금해하며 따라왔다.

콜은 핫도그를 데치고 나서야 입을 열었다. 냄비에서 그것들을 꺼내며 말을 늘어놓았다.

"정말이지 인생은 이 핫도그 같아요. 그냥 살기 위해서 이것들을 요리한다면, 그럼 그 일만 일어나요. 그런데 특별하게 다루고 함께 나눈다면, 축복이 되고 파티가 되지요."

"가비가 네게 그렇게 가르쳐 주었니?"

콜이 머리를 끄덕거리며, 뜨거운 핫도그에 치즈를 뿌리고 잘게 썬 토마토와 피망을 얹었다. 그러고는 잠깐 생각에 잠겼다가 식탁에 초를 밝혔다.

어머니가 미소를 지으며 소시지를 한 입 베어 씹었다. 콜이 기억하는 한 처음으로 어머니의 눈에서 자부심을 느낄 수 있었다.

"너 정말로 섬에서 변했구나, 그렇지?"

어머니가 물었다.

"예, 변했어요. 하지만 이렇게 대답했다고 절 믿지는 마세요. 이제는 행동으로 증명할 테니까요. 그때 절 믿어 주면 좋겠어요."

어머니가 나지막이 대꾸했다.

"넌 내 아들이야. 사랑하니까 널 믿어."

콜은 이렇게 가슴이 뭉클했던 적이 없었기에, 앞으로 몸을 기울여 어머니를 꽉 안아주었다.

다음 날 아침 알람이 울리기 전에 콜은 잠에서 깨어났다. 재빨리 아침을 먹고 밖으로 나왔다. 식료품 가게 앞에서, 맞은편에서 다가오는 피터를 만났다.

"너희 아빠가 허락해 주셨니?"

콜이 물었다.

"아빤 내가 무슨 잘못이라도 한다는 듯 구셨어."

"나한테 엄청 화나셨겠네."

"그것보다 더 하셨지."

피터가 대답했다.

"무슨 뜻이야?"

"네가 날 때리기 전에도, 아빤 사사건건 날 비난하곤 하셨어. 난 옳은 일을 한 적이 없었어. 이젠 내가 뭘 해도 아빠가 마땅치 않게 여기실 거야."

"왜 그런데?"

"이젠 내가 옳은 일을 할 수 없으니까."

"넌 올바른 일을 많이 하고 있어."

식료품 가게로 들어가며 콜이 말했다.

"총각들 아주 일찍 왔군. 나도 방금 왔단다."

베티가 반갑게 둘을 맞이했다.

"저희가 냉장고에 앉아 있어도 정말 괜찮은 거죠?"

콜이 물었다.

"얘들아, 냉장고에 앉아 있으려는 사람은 아무도 없었어. 내 마음을 바꿀 기회는 주지 마렴."

은행 금고처럼 청동 손잡이가 달린 차가운 냉장고 문은 무거웠다. 손잡이를 밀자 문이 양쪽으로 열렸다. 콜과 피터는 냉동 딸기와 깐 새우 상자들로 복잡한 곳에 갖다 놓은 플라스틱 의자에 앉았다. 콜은 눈을 감고 차가운 못에 몸을 담그고 있는 척하려고 애썼다. 살짝 옆을 보니 피터도 몰래 엿보고 있었다. 심호흡을 하고, 콜은 도로 눈을 감고 얼음 같은 물을 상상해 보았다. 피부에 와 닿는 냉장고 안의 공기가 기분 좋았다. 마음이 물결이 일지 않는 잔잔한 못이라고 상상했지만, 아무리 힘겹게 노력해도 아버지에 대한 생각이 파문을 일으켰다.

잠시 후에, 콜은 뻣뻣해진 몸을 일으켜 문으로 걸어가서 큰 청동 손잡이를 당겨 밖으로 나왔다. 아마도 피터는 조금 더 있다가 밖으로 나올 것이다. 마치 냉장고 안에 더 오래 있는 것이 자신의 선택이었음을 증명이라도 하듯 말이다. 알래스카에서 종종 했던 행동이다. 진짜 굶주렸을 때도 배가 고프지 않다는 걸 증명하기 위해 콜보다 한 시간 늦게 밥을 먹기도 했다. 혹은 오랫동안 걷고 난 뒤에도 피곤하지 않다는 것을 입증하기 위해 늦게까지 잠을 안 자며, 손전등을 켜고 책을 읽으며 잠과 사투를 벌이기까지 했다. 몇 번이나 콜은 피터가 잠이 든 것을 확인하고 손에서 책을 빼낸 후 손전등을 꺼야 했다.

콜은 큰 문이 확 열리고 피터가 부들부들 떨면서 밖으로 나올 때까지 냉장고 밖에서 기다렸다.

"이제 우리 진짜 행복할 거야!"

피터가 외쳤다.

"저긴 못에 비하면 열대 지방이야. 일사병에 걸릴 뻔했어."

콜의 농담에 피터가 벌건 양팔을 비비며 거들었다.

"맞아. 이게 탄 자국이야. 난 내내 땀을 흘렸다니까."

"고맙습니다. 내일 뵐게요."

떠날 때 콜이 베티에게 말했다.

"그래. 너희 둘 다 좋은 하루가 되길 바란다. 매일 아침 세계 지도자들을 이 큰 냉장고에 집어넣는다면 우리가 세계 평화를 이룰 수 있을 것 같구나."

"어쩌면요."

콜이 시인했다.

그들이 학교까지 800미터쯤 걸어갈 때, 피터는 상념에 잠긴 듯 보였다.

"정말 볼링공을 떨어뜨리고 냉장고에 앉아 있는 게 우리에게 도움이 될까?"

느닷없이 피터가 물었다.

"모르겠어. 어쩌면 다시 토템을 조각하거나 섬에서처럼 춤을 춰 봐야 할지도."

"학교 춤 동아리에 들어갈 수도 있겠네."

콜이 머리를 휘휘 내저었다.

"그건 같지 않아."

피터도 동의했다.

"섬에서처럼 여기서도 그렇게 춤을 춘다면 다들 우릴 미쳤다고 생각할 거야. 네가 독수리처럼 두 팔을 뻗고 빙글빙글 달리곤 했던 거 기억나니?"

"네가 물 위로 뛰어오르는 고래처럼 가슴을 쑥 내밀고 곧장 위로 뛰곤 했을 때보다 웃기지 않아."

"어쨌거나 우린 동물들에게 배운 걸 표현하려고 춤을 추었어. 여기서는 그냥 멋지게 보이려고 춤을 추잖아."

피터가 말했다.

콜과 피터는 학교 앞 잔디밭에 도착해서도 여전히 섬에 관해 얘기하고 있었다. 갑자기 그들 뒤에서 요란한 고함 소리가 들려왔다.

"야, 봐. 사이코랑 절름발이다!"

콜이 돌아서자 다섯 명의 패거리가 다가오고 있었다. 몇 명은 누구인지 알아보았다.

"어제 날 괴롭혔던 애들이야."

피터가 귓속말했다.

그 패거리를 이끄는 키스는 몸집이 큰 아이였다. 콜은 이 년 전 싸움에서 녀석의 엉덩이를 걷어찼던 생각이 났다.

"우우우리를 가만히 내버려 둬."

피터가 항의했다.

"우우우리 앞에서 너희 낯짝이나 치우셔, 지진아. 우린 절름발이가 싫거든."

피터를 밀치며 키스가 조롱했다.

피터의 두 눈에 두려움이 보이자, 콜이 앞으로 나섰다.

"우린 너희에게 볼일 없어. 피터를 놔두고 가."

콜은 양손을 단단하게 주먹 쥐며 편들었다.

"오, 이제는 네가 우리한테 이래라저래라 할 건가."

키 작은 곱슬머리 에디가 빈정댔다.

"큰 실수를 했네."

에디가 이렇게 말하며 피터를 세게 밀쳤다. 피터가 땅바닥에 팔다리를 뻗으며 넘어졌다.

콜의 심장이 빠르게 쿵쾅거렸고 얼굴은 뜨거워졌다. 콜은 침착해지려고 애썼지만, 그 무엇으로도 치솟는 온갖 감정을 제어할 수 없었다. 살아오면서 이처럼 무기력하게 느껴지기는 처음이었다. 스스로를 방어하지 못하는 친구를 괴롭히는 불량배들을 보고 있으려니까 순식간에 분노가 폭발했다.

"너 실수한 거야, 에디."

콜이 갑자기 에디를 밀어서 피터 옆 땅바닥에 넘어뜨렸다.

"싸우지 마! 쟤들이 날 때리게 내버려 둬!"

피터가 소리쳤다.

키스가 몸을 돌려 콜의 뱃가죽에 세게 주먹을 날렸다.

콜은 온 힘을 다해 매정하게 홱 돌아서 키스의 얼굴을 후려쳤다. 그러고는 다시 돌아서려는데 날카로운 호루라기 소리가 들렸다. 풋볼 코치가 잔디밭을 가로질러 달려왔다.

"너희 모두 교장실로 가."

코치가 큰 소리로 일렀다.

처음에 아무도 꿈쩍하지 않았다.

"당장!"

코치가 목청을 높였다.

콜은 피터가 일어서도록 도와주고 돌아섰다.

"코치님, 전 그냥……."

콜이 항변했지만 코치가 말을 잘랐다.

"변명은 나중에!"

꿈틀거리는 분노

콜과 피터는 키스와 그 패거리들과 함께 교장실에서 초조하게 기다렸다.

"너희 우릴 고자질하면 죽어."

키스가 위협했다.

콜과 피터는 그 말을 무시했다.

십여 분이 지나자 교장이 안으로 들어왔다.

"그래, 무슨 말썽을 부린 거니?"

교장이 비서에게 서류를 건네며 물었다.

"아무것도요. 우리끼리 있는데 저 두 명이 우리 이름을 부르기 시작했어요. 그러더니 다가와 밀었어요. 우린 그냥 방어했을 뿐이에요."

교장이 콜과 피터에게 눈길을 돌렸다.

"얘 말이 맞니?"

키스가 피터를 위협적으로 노려보았다.

피터가 파르르 떨며 고개를 주억거렸다.

"정말이니?"

교장이 콜을 바라보며 다시 확인했다.

콜은 창피해서 얼굴을 돌리고 대답하지 않았다. 설령 털어놓는다고 해도 전혀 도움이 안 될 것이다. 립스틱을 바르고 손톱에 매니큐어를 칠하고 뾰족 구두를 신은 이 여자가 절대로 이해하지 못할 테니까.

교장이 일곱 아이를 찬찬히 살펴보았다.

"너희 다섯은 교장실에서 기다려."

교장이 키스와 패거리에게 말했다.

"있다가 얘기 좀 하자. 피터, 넌 일단 수업에 들어가."

다른 아이들은 남겨 놓은 채, 교장이 콜에게 옆방으로 가라고 손짓했다.

"네 보호관찰관에게 전화하는 동안에 넌 저기서 기다려."

"하지만 제가 먼저 싸움을 걸지 않았어요."

콜이 항의했다.

"싸우려면 상대방이 있어야 해."

"제가 선택했다는 거네요."

콜이 좌절하며 이어 말했다.

"한 번 더 말썽을 일으키면, 전 교도소에 가요."

교장이 콜을 날카롭게 쳐다보았다.

"그럼 말썽을 일으킨 거구나."

교장이 이렇게 말하고는 교장실로 걸어갔다.

콜은 방에 들어가 의자에 털썩 주저앉아서 부글부글 분노를 터뜨렸다. 몸속에서 괴물이 사납게 날뛰는 게 느껴졌다. 피터를 다치게 했던 바로 그 괴물. 느닷없이 그것이 무언가를 파괴하거나 누군가를 해치려고 했다. 이번에는 콜의 잘못이 아니다!

거의 한 시간이 지나서 가비가 왔다. 콜이 의자에 앉아서 기다리는 작은 방으로 들어온 가비는 한참 동안 콜을 바라만 보다가 마침내 입을 열었다.

"어휴, 멍청이! 왜 이런 일을 저질렀어?"

"전 아무 짓도 안 했어요. 그냥……."

콜이 화를 내며 대답했다.

"변명은 나중에."

가비가 싹둑 말을 잘랐다.

"어떤 일이 벌어졌는지 알려고도 안 하는 거예요?"

"정확히 네가 벌인 일이잖니."

가비가 대꾸했다.

콜이 주먹을 꼭 쥐었다.

"절 못 믿는 거죠, 그렇죠? 제가 어떤 일도 먼저 시작하지 않았어요."

"왜 다른 사람들을 두려워하는 거니?"

가비가 물었다.

"두려워하지 않아요!"

콜이 말을 자르며 끼어들었다.

"저 비열한 녀석들이 차라리 절 때렸다면 신경 쓰지 않았을 거예요. 걔들이 피터를 괴롭혔기 때문에 지금 제가 여기 있는 거란 말예요."

가비가 절레절레 머리를 흔들었다.

"아니, 피터를 놀린 그 애들에게 반응한 방식 때문에 여기 있는 거야."

"그게 무슨 차이죠?"

가비가 콜의 맞은편 의자를 끌어당겼다. 그의 목소리가 신중해졌다.

"오늘 아침에 널 조롱한 불량배들은 네 몸 밖에서 일어났던 일이야."

"네네, 아인슈타인 천재 나셨네요."

가비가 그 말을 무시했다.

"넌 네 몸 밖의 일들을 통제할 수 없으니까 아예 시도하지를 말았어야지. 섬에서 그걸 배웠잖니."

"그럼 오늘 아침에 제가 어떻게 해야 했는데요?"

"네 현실을 통제했어야지. 네 몸 안에서 일어나는 일들 말이다. 넌 네게 일어나는 일들을 통제하며 실질적으로 반응했어야 해."

콜이 수수께끼인 양 가비가 그를 응시했다.

“네가 식료품 가게에 기쁜 마음으로 들어갈 때면 다른 사람들도 기뻐하는 것처럼 보였던 적 있니? 네가 화가 나서 들어가면 다른 사람들도 화가 난 것처럼 보이고. 어쨌거나 다 같은 사람들인데 말이다.”

“전 아저씨가 무슨 말씀을 하시는지 모르겠어요. 이건 식료품 가게에서 일어난 게 아니잖아요. 제가 웃어주어도 저 얼간이들은 친절하게 굴지 않아요.”

“아무튼 다시 시도해 봐. 작은 트럭이 고속도로에서 네 옆을 으르렁대며 지나간다고 치자, 그렇다고 그 일이 네 현실이 될까?”

“어쩌면요.”

콜이 시인했다.

“아니야!”

가비가 도전하듯 말했다.

“네가 그 트럭 앞으로 걸어가기로 선택한다면, 넌 스스로 추한 현실을 만든 거야. 운전사에게 손을 흔들기로 선택하면, 그건 완전히 다른 현실을 만들겠지. 트럭이 그냥 네 옆을 지나가게 할 수도 있었어. 네가 어떻게 행동하느냐가 너의 진정한 현실을 만들어. 불량배들처럼 행동했기 때문에 오늘 아침 네가 여기에 있는 게 아니야. 불량배들에게 반응한 방식 때문에 여기 있는 거지.”

"아저씬 몰라요, 제가 어떤 선택도 안 했다는 걸."

콜이 우겼다.

"맞서 싸움으로써, 넌 그 애들에게 원하는 지배력과 힘을 주었어."

가비가 일어서며 말을 이었다.

"일어서 봐. 보여줄 게 있으니."

콜이 일어서자, 가비가 의자 안으로 콜을 확 밀었다.

"내가 꽤 힘이 세지, 그렇지?"

가비가 웃으며 말했다.

"절 놀라게 했을 뿐이에요."

"그래, 다시 일어서."

주저하며 콜이 일어섰다.

"네가 나보다 더 강하니?"

가비가 도전했다.

콜이 어깨를 으쓱였다.

"알아보자. 자, 날 밀어 봐."

"아저씰 다치게 하고 싶지 않아요."

콜이 대꾸했다.

"날 믿어, 네가 날 다치게 안 할 테니. 난 십대 딸을 둘이나 키우고 있어. 자 어서, 날 밀어 봐."

가비가 재촉했다.

콜이 밀었다. 그러자 가비가 뒷걸음쳐서 콜은 가비를 건드리지도 못했다.

"그걸로는 어림없지. 남자처럼 밀어 봐."

가비가 비웃었다.

화가 나서, 콜은 더 세게 밀었다. 또 가비가 뒤로 물러났다가, 이번에는 한 발을 내밀어서 콜을 넘어지게 했다. 그와 동시에 팔을 밀어서, 콜은 바닥에 큰대자로 뻗고 말았다.

"왜 그러세요?"

콜이 허둥지둥 일어나며 대들었다.

"넌 피터를 보호해 줄 거라고 말하는 고집 센 남성우월주의자일 뿐이야. 젠장, 자신도 보호할 수 없으면서. 누가 바닥에 뒹굴고 있는지 봐. 그걸 몰라. 내가 널 밀었을 때, 넌 내게 저항했지만, 그 때문에 날 강하게 만들었어."

"그래서 요점이 뭐예요?"

"네가 날 밀었을 때, 난 네게서 뒷걸음쳤고, 그렇게 해서 네 힘을 빼앗아 네가 균형을 잃게 했어. 네가 먼저 날 밀려고 안 했으면 난 널 절대로 넘어뜨릴 수 없었을 거다. 난 네 힘을 이용해서 널 물리친 거야."

콜은 털썩 주저앉아서 시무룩하게 가비를 응시했다.

가비가 머리를 절절 흔들었다.

"키스 같은 애가 학교에서 가장 위험하다는 걸 넌 누구보다 잘 알고 있어. 난 네가 몰랐다는 게 이해되지 않아. 그건 그저 단순한 사실일 뿐이야. 그 애들은 너보다 더 강하지 않아."

콜이 목덜미를 문질렀다.

"그럼 오늘 아침 제가 어떻게 행동해야 했었는지 정확히 얘기해 주세요. 전 피터를 보호해야 했어요. 하지만 또다시 싸운다면, 원형 평결 심사에서 제게 또 기회를 주지 않을 거예요."

"네가 맞서 싸웠다고 원형 평결 심사에서 꼬투리를 잡지는 않겠지만, 그래도 주먹은 쓰지 마라."

"그냥 가만히 바닥에 앉아 있을 순 없어요."

가비가 어깨를 으쓱였다.

"실제로는 바닥에 앉아 있는 게 도움이 됐을지도 몰라. 네가 맞서 싸우지 않으려는 사람을 발로 차거나 때려서 모종의 만족을 얻을 수 있을 것 같니? 내 생각에 맞서지 않았다면 지금 여기에 있지는 않았겠지."

"아니요, 양호실에 있겠죠. 아저씬 단단히 착각하고 있어요. 전 항상 맞서 싸우지 않는 애들도 때리곤 했거든요."

콜이 말했다.

"곰이 널 공격했을 때, 맞서 싸웠니?"

콜이 고개를 끄덕였다.

"그게 도움이 됐니?"

콜은 고개를 흔들며, 기억을 더듬었다. 맞서 싸울수록 그 커다란 동물의 화만 돋웠을 뿐이었다.

"스피릿베어가 제 몸을 만지도록 내버려 둔 게 언제였니?"

"제가 얌전해졌을 때요. 하지만 여기선 아무도 절 믿지 않아요."

"신뢰는 한 번에 한 사람씩, 어느 날 동시에 얻어지는 거야. 넌 변했지만, 변하지 않은 사람들 주위에서 무언가를 하기 위해 다짐해야 해."

"못과 토템과 조상바위가 없다면 힘들어요. 제가 무기력하게 느껴져요."

가비가 이마를 가리키자 얼굴의 지친 주름이 끌로 새겨 놓은 듯 보였다.

"실제 못과 토템과 조상바위는 지금 여기에도 있어. 네가 완전히 통제해야지."

콜이 논쟁을 포기했다.

"그래서 이제 어떻게 돼요?"

"목요일 저녁 원형 평결 위원회가 다시 널 만날 거다."

가비가 섬에 가기 전에 콜이 원형 평결 심사를 지원했을 때 최초로 그의 운명을 결정했었던 지역 주민들을 언급했다.

"이제 그들이 네 유배가 효과가 있었는지 결정할 거다."

"오늘 일어난 일 때문에 교도소에 가게 될까요?"

콜이 물었다.

가비가 어깨를 으쓱였다.

"그건 사정에 따라 달라. 아무도 없는 섬에서는 너 홀로 잘 헤쳐 나갔어."

가비가 손가락으로 테이블을 톡톡 두드렸다.

"네 나이에 나도 유배 생활을 경험했고 집에 돌아올 때까지는 성공했다고 여겼지. 그러고 나서 모든 것이 지옥으로 떨어졌단다. 섬에서 발견했던 평화를 유지할 만큼 강하지 못했거든. 거기서 살아남는 건 가장 쉬운 일이었다는 게 드러났어."

"아저씬 왜 섬에 가셨어요?"

가비가 대답하지 않았다. 그저 손목시계를 쳐다보았다.

"자, 그만 가야겠다. 오늘 아침 일은 교장선생님께 말해 보마. 목요일 저녁 원형 평결 심사에서 만나자."

"그 심사에 대해 아빠도 아셔요?"

"아버지께 전화했는데, 몹시 바쁘다고 하시더구나."

"아빠다운 말씀이네요."

가비가 콜의 눈을 빤히 쳐다보았다.

"난 오늘 아침에 아무 일도 일어나지 않은 척할 거다. 다시는 이런 일이 일어나지 않도록 하자."

하지만 콜은 또다시 그런 일이 벌어지리란 걸 알았다. 키스 같은 애들은 멍청이가 되는 걸 멈추지 않기 때문이다.

점심시간에 콜이 앉아서 밥을 먹고 있는데 키스가 뒤쪽으로 지나가며 속삭였다.

"너 이제 죽었어!"

두 테이블 건너에는 아침에 창녀라고 불렸던, 비쩍 마른 갈색 머리 여자애가 머리를 푹 숙인 채 앉아 있었다. 두 여자애가 양옆에 서서는, 접시에서 감자튀김을 집어 들면서 갈색 머리 여자애를 괴롭히고 있었다. 생각해 볼 겨를도 없이, 콜이 다가갔다.

"그만둬!"

콜이 고함쳤다.

여자애들이 경멸스런 표정을 지으며 물러났다.

비쩍 마른 여자애가 벌벌 떨면서 콜을 올려다보았다.

"저 여자애들은 멍청이야."

콜이 말했다.

"오늘 아침에 널 조롱했던 걔들도 멍청이들이야."

여자애가 맞장구쳤다.

"그걸 봤니?"

콜이 자리에 앉으면서 물었다.

여자애가 머리를 끄덕였다.

"왜 널 놀렸던 거니?"

"난 괴롭힘을 당할 만도 해. 넌 어때? 왜 저 여자애들이 널 놀렸어?"

"쟤들한테는 이유 따윈 필요 없어."

요란한 종소리가 수업이 끝났음을 알렸다. 밖에서 피터를 만난 콜은 학교가 파한 둘째 날을 기뻐했다.

"야, 오늘 아침 내가 떠난 뒤 무슨 일 없었니?"

피터가 물었다.

"교장선생님이 가비 아저씨를 불렀어."

"아저씨가 화를 냈니?"

"좋아하지는 않았어. 넌 어땠어?"

콜이 물었다.

"복도에서는 계속 날 이리저리 밀치며 찔러 댔어. 에디는 날 볼 때마다 손에 든 책을 쳐서 떨어뜨렸고."

"키스가 나보고 죽었다고 하더라."

피터는 곰곰이 상념에 잠겼다.

"웃긴 소리처럼 들리겠지만, 네가 날 때린 데 약간은 내 책임도 있다고 생각했어."

"무슨 말을 하는 거야?"

"난 동네북이었어. 사람들이 날 그렇게 취급해도 그냥 내버려 두었거든."

"하지만 넌 여느 때보다 네 주장을 더 많이 하고 있잖아."

콜은 피터가 자기 부모의 말을 거역했던 일을 떠올리며 말했다.

"그건 사실이야. 야, 또 조상바위를 나르러 갈래?"

콜이 망설였다.

"더 좋은 방법이 없을까?"

"무섭니?"

"원형 평결 심사 전에 말썽을 일으킬까 봐 걱정돼. 하지만 네가 정말로 원한다면, 좋아."

콜이 대답했다.

둘은 재빨리 걸어서 폐건물로 갔다. 콜은 건물 바깥에서 잠깐 숨을 돌렸다.

"야, 피터. 오늘 볼링공을 옮길 때, 우리 조상님들과 우리의 과거에 대해 더 많이 생각해 보자."

피터가 동의했다.

"그리고 우리의 분노를 떨쳐 버리는 것처럼 행동하고."

주위를 휘 둘러보고, 그들은 슬며시 안으로 들어가서는 두 눈이 희미한 빛에 익숙해지길 기다렸다. 이윽고 로비를 가로질러 일찍이 볼링공을 두었던 계단으로 갔다.

"공이 어디 있지?"

콜이 주위를 힐끗거리며 물었다.

피터는 계단 아래를 살펴보았다.

"누가 가져갔나 봐."

"누가 그런 걸 훔쳐 가겠어?"

"그게 여기 있는 걸 아무도 모르잖아."

피터가 지하로 이어지는 컴컴한 계단을 슬쩍 내려다보았다.

"저기 있을지도 몰라."

"그걸 찾으러 저긴 안 갈 거야!"

콜이 소리쳤다.

"겁쟁이."

피터가 조롱하듯 말하고는 내려가기 시작했다.

“그래, 나 진짜 겁쟁이다. 약 올리지 마!”

콜이 대꾸했다.

피터가 걸음을 멈추고 귀를 기울였다.

“거기 누구 없어요.”

“그런 넌 왜 그렇게 느리게 내려가니?”

“어둡잖아. 넘어지기 싫어.”

피터가 조심스럽게 내려가서는 어둠 속으로 들어갔다.

“난 이런 거 안 좋아해!”

콜이 뒤에 대고 외쳤다.

“공을 찾았어.”

피터가 되받아치고는 볼링공을 들고 계단으로 올라왔다.

“맨 아래 계단에 있었어.”

“내 건 어디 있어?”

“가서 가져와.”

콜은 까치발을 하고 아래로 내려가서 제 공을 집어 들고 잽싸게 돌아왔다.

“이곳 진짜 으스스하다. 여기서 나가자.”

“그래도 조상바위는 꼭 날라야 해.”

피터가 고집을 부렸다.

“무시무시한 살인자가 위층에 숨어 있다가 우릴 공격하면 어떡해?”

콜은 농담하듯이 말하려고 애썼다.

먼저 피터가 혼자 계단을 올라갔다.

“가야하기 싫으면 여기서 기다려.”

마지못해 콜이 따라갔다.

“조상님을 생각하는 거 잊지 마.”

콜은 올라가면서, 앞서서 자신의 삶을 가꾸며 살다가 세상을 떠난 온 세대의 조상들을 되새겼다. 섬에 있을 때처럼, 예전의 자신을 만들었던 사건들을 생각해 보았다. 아버지에게 맞았던 일, 학교에서 저질렀던 온갖 싸움, 체포, 원형 평결 심사, 섬에 갔던 일, 난폭한 공격, 아름다움과 용서를 발견한 일, 피터와 함께 지금 여기 있는 것까지. 그러고 나서 콜은 자신의 미래를 생각해 보았다. 여전히 아버지를 만나지도, 아버지에 대한 어떤 소식도 듣지 못하고 있었다.

한 층 한 층 그들은 걸어서 올라갔다. 갑자기 피터가 걸음을 멈추었다.

“무슨 소리가 들려.”

콜은 숨을 돌렸다.

“네 상상이야.”

이렇게 말하고는 계단에 서 있는 피터를 지나쳐 갔다.

“이젠 누가 겁쟁이냐?”

콜은 나머지 계단을 디디며 꼭대기로 올라갔다.

“자, 이것들을 던지고 여기서 나가자.”

조심스럽게 피터는 깨진 창문에 균형을 맞추어 공을 올려 놓았다.

"분노를 없애 버리는 것 잊지 마."

피터가 이렇게 말하고 공을 세게 밀었다.

콜은 피터의 공이 떨어지며 어떤 충격을 주는지 내다보고는, 곧이어 제 공을 들어 올렸다. 떨어지는 공을 보는데, 여전히 키스에 대한 분노로 속이 부글거렸다.

비밀 무기

콜과 피터는 층층 계단을 빙글빙글 돌아가며 재빨리 입구로 내려왔다. 피터는 곧바로 부서진 문으로 향했지만, 콜이 귀에다 큰 소리로 외쳐 피터의 걸음을 멈춰 세웠다.

"야, 피터. 잠깐만!"

쓰레기를 높이 쌓아 올린 식료품 카트가 복도에 덩그러니 놓여 있었다.

"저 카트는 그 할아버지가 밀고 가던 거 아니니?"

피터가 나지막이 속삭였다.

"우리가 들어올 때는 여기 없었어. 그 할아버지가 지하실에 사는 게 틀림없어."

콜이 들먹였다.

"내가 무슨 소리가 들리는 것 같다고 했잖아."

두 소년은 폐건물에서 후닥닥 나와 무성하게 자란 잔디밭을 가로질러 거리로 향했다.

"볼링공 따윈 잊어버리자."

콜이 말했다.

"그 할아버지가 저기 사는 것 같니?"

피터가 질문하며 발을 질질 끌고 따라왔다.

"저기가 어쩌면 그 할아버지가 죽인 사람들을 두는 곳인지도 몰라."

"그만! 너무 심각해지고 있잖아."

그들이 신호등에 다다라서 잠깐 멈추고 숨을 고를 때, 피터가 진지하게 말했다.

"콜, 어쩌면 저 하아알버지도 우릴 무서워했을지 몰라."

"우린 할아버지한테 아무 짓도 안 했어."

"할아버지도 우릴 해치지 않았어. 무슨 일 때문에 할아버지가 노숙인이 됐는지 궁금하지 않니?"

"누군들 알겠냐. 무슨 일 때문에 키스가 불량배가 됐을까?"

"또 할아버지와 마주치면, 넌 그냥 달아나. 그럼 우리 중 한 사람만 얻어맞을 테니까."

피터가 중얼거렸다.

"무슨 소리. 우린 친구야, 맞지?"

콜이 새된 목소리로 반문했다.

피터가 생각에 잠겨 턱을 긁적이더니 곧이어 활짝 웃었다.

"나한테 비밀 무기가 있어."

"총이나 칼은 아니지, 그렇지?"

콜이 물었다.

"아니, 학교에 휴대폰을 가져갈 거야."

"우리가 얻어맞은 후에 구급차를 부르려고?"

"멍청한 소리 그만해. 잘 들어. 학교에서 휴대폰을 사용할 순 없지만, 갖고 다니는 건 교칙 위반이 아니야. 내가 어딘가에서 교장선생님 번호를 알아낼게. 그런 다음 그걸 저장해 두었다가, 전송 버튼만 누를 거야. 그럼 자동으로 전화가 갈 거야. 주머니에서 휴대폰을 꺼내지 않아도 돼. 셔츠 안에 소형 마이크를 꽂아 놓고. 우리가 공격을 당하면, 주머니에 손을 넣어서 버튼을 누를 거야. 그럼 교장선생님이 어떤 일이 벌어지는지 모두 듣게 될걸."

"그게 효과가 있을지 모르겠다."

콜이 긴가민가하며 의심했다.

"더 좋은 아이디어 있니?"

콜은 아이디어가 없다고 인정해야 했다.

수요일 아침에 콜은 냉장고에 앉아서 온갖 상념과 감정과 싸웠다. 섬에서 보낸 시간이 낭비였다면 어떻게 하나? 날마다 분노가 더욱 강하게 되돌아오는 듯했다. 자신이 단지 심각한 문제아에 지나지 않으면 어떻게 하나?

피터가 일어나서 냉장고 문을 열었다.

"난 끝났어."

피터는 떠는 모습을 보이지 않으려고 애쓰며 태연하게 말했다.

콜은 피터를 따라 밖으로 나왔다.

그들이 식료품 가게 뒤쪽에서 걸어 나오자 베티가 즐겁게 휘파람을 불고 있었다. 그러면서 그들에게 손을 흔들었다.

"이제 좀 행복해졌니?"

베티가 물었다.

"하룻밤 만에 어떤 일이 일어나지는 않아요."

베티의 활기참에 짜증을 내며 콜이 투덜거렸다.

피터도 화가 난 듯했다.

"왜 그렇게 늘 행복하세요?"

피터가 판매대 앞에서 걸음을 멈추고 느닷없이 물었다.

"살면서 나쁜 일이 없었던 게 분명해요."

베티가 슬픈 미소를 지었다.

"살면서 셀 수 없이 많은 불행을 겪었지. 나도 늘 행복한 건 아니야. 그렇다고 항상 침울해 있으면 상황이 더 나아지니?"

콜은 판매대로 걸어가서 피터 옆에 섰다.

"그게 그렇게 쉽지만은 않아요. 매니저님은 화를 내지 않으려고 결심하지 않아도 되잖아요."

"누가 그런 말을 해?"

베티가 물었다.

"전 늘 화를 내지 않는 방법을 알아내려고 섬에서 일 년 넘게 보냈어요."

"네가 좀 느리게 배우나 보구나. 난 화초를 기르면서 그런 일들을 솎아내려고 한단다. 난초를 길러 봐."

베티가 나지막이 웃으며 농담을 건넸다.

소년들은 머리를 휘휘 내저었다.

"행복을 찾는 한 가지 방법이 진짜 있긴 한데 말이다."

"그게 뭔데요?"

피터가 물었다.

"너희 스스로 행복해지길 원해야 해. 그런데 그렇지 않은 사람들도 있더구나."

다른 수업을 받기 때문에, 콜은 방과 후까지 피터를 보지 못했다.

"비밀 무기는 완벽히 장전되었어."

둘이 만났을 때 피터가 알렸다. 주머니에 든 휴대폰을 톡톡 치며 단추를 끌러 셔츠 안에 숨긴 마이크를 보여 주었다.

"과학 선생님 책상에서 교장선생님 번호를 발견했어."

"네 생각을 교장선생님께 말씀드렸니?"

"그으러어면 효과가 없을 수도 있어."

콜은 미소를 지었다. 말도 안 되는 생각이었지만, 휴대폰과 마이크가 적어도 피터에게 자신감을 주었다.

그들은 함께 학교 운동장에서 나와, 불도그 조각상을 지나갔다.

"난 저게 싫어."

콜이 말했다.

피터도 맞장구쳤다.

"학교에서 보는 곳 어디든 저 못생긴 개 그림이 있어."

"야, 생각해 봤는데."

피터가 잠시 틈을 두었다가 말을 이었다.

"네 말이 옳아. 볼링공을 떨어뜨리는 건 좋은 생각이 아니야. 만약에 잡히면 우린 곤란해질 거야. 게다가 나도 그 할아버지가 좀 무서워."

함께 걸어가면서 콜이 고개를 끄덕였다.

"볼링공이 할아버지를 맞히면 어떡해? 그럼 정말 크게 다칠 수 있어."

"뭐, 다친다고? 맞으면 죽어! 그 할아버진 길을 가다가 작은 트럭에 치여 죽은 동물처럼 보일 거야. 두개골은 산산이 부서진 수박처럼 뭉개질 거라고. 뇌가 몽땅 다……."

"그만, 그만해. 알았다니까. 너 지금 집에 가야 하지?"

콜이 물었다.

"엄마한테 전화하면 상관없어. 왜?"

"아무튼 그냥 어울려 놀까 해서."

피터가 미소를 지었다.

"보이지 않게 시도해 볼 수도 있고."

피터가 자기 엄마에게 전화한 후에, 그들은 하릴없이 두어 블록을 걸었다. 갑자기 발소리를 듣고 돌아섰을 때, 둘 다 생각에 잠겨 저만의 세상에 빠져 있었다. 키스와 패거리들이 그들 뒤에서 슬금슬금 다가오고 있었다.

"야, 곰 먹이!"

한껏 비웃는 얼굴을 하고 키스가 불렀다.

"너희 둘 귀먹었냐?"

콜은 주위에 전혀 신경 쓰지 않고 걸은 것을 후회했다.

"비밀 무기를 작동할 때야."

피터가 귓속말하며, 손을 바지 주머니에 넣어 휴대폰을 눌렀다.

"뭐라고 했냐, 절름발이?"

키스가 물었다.

피터가 느리고 신중한 목소리로 크게 얘기했다.

"하아아악교에서 두 블록이나 떨어진 곳에서 우릴 잡고 우우리릴 어어떠어게 할 건지 물어 봤어."

"우우리리가 어제 해야 했던 일을 할 거다."

키스가 흉내 내며 놀렸다.

"우리가 너희에게 뭘 했는데?"

콜이 물었다. 하지만 그들에게는 딱히 이유가 필요 없다는 걸 알고 있었다. 자신도 아이들을 때려 주곤 했을 때 결코 이유가 있었던 건 아니었다. 키스와 패거리의 생각이 어떤지 정확히 알고 있기에, 그 사실이 마냥 두려웠다.

"내가 널 싫어하기 때문일지도 모르지."

콜과 수학 수업을 함께 듣는 깡마른 금발의 알렉스가 대꾸했다.

콜은 주위를 힐끗 둘러보았다. 그들이 학교에서 두 블록 떨어져 있다고 한 피터의 말을 교장이 들었다고 해도 큰 도움이 안 될 터였다. 콜은 근처의 노란색 집을 가리켰다.

"우릴 내버려 두는 게 좋을 거야. 교장선생님께서 저 집에 사셔."

콜은 소리를 높여 말을 이었다.

"엘름 스트리트 246번지."

피터가 미심쩍게 콜을 쳐다보고는 씩 웃었다.

"그래, 맞아. 교오자장선생님이 엘름 스트리트 246번지에 사셔."

피터가 느릿느릿 거듭 말했다.

"그 무능한 꼰대."

키스가 조롱했다.

"우리가 바보인 줄 알아?"

키스가 피터를 밀었다.

"교장이 저기 산다면, 우리 엄만 이글루에 산다."

피터는 무서웠지만, 휴대폰 덕분에 자신감이 생겨서 씩 웃었다.

"너희 엄마 이글루가 어디 있는데?"

피터가 물었다.

키스가 피터를 세게 쳤다.

"네 얼굴에서 그 웃음이나 치워. 아니면 내가 없애 줄 테니까."

콜은 능글거리는 패거리를 쳐다보았다. 그 애들이 서로에게 허세를 부릴 때가 가장 위험하다. 콜은 재빨리 보도에 주저앉아서 피터를 자신의 옆으로 끌어내렸다.

"더는 아무 말도 하지 마. 없는 듯 행동하자."

콜이 나지막이 속삭였다.

"너희 지금 뭐 하는 거야?"

키스가 물었다.

"우린 너희랑 안 싸울 거야. 그래도 주저앉아 있는 사람을 해칠 정도로 너희가 크고 강하다고 생각하면 그렇게 해."

"너희가 자고 있어도 난 상관없어."

키스가 이렇게 말하고는 콜의 옆구리를 걷어찼다.

키스가 몸을 돌려 걷어차자 피터의 눈에 날 선 두려움이 비쳤다. 에디가 앞으로 나와서 피터의 등을 찼다. 콜은 온 힘을 다해 피터가 다치지 않게 막으며 외쳤다.

"야, 입 냄새 지독하다! 너희 덩치에 어울리는 애나 때리지 그러냐?"

에디와 키스가 둘이서 동시에 콜을 걷어차며 소리 내어 웃었다.

옆으로 누워서 얼굴을 찡그리며, 콜은 거리를 지나는 차들을 보았다. 운전자들이 고개를 돌려 쳐다보았지만, 도와주려고 멈추는 사람은 없었다. 또다시 가슴을 세게 걷어차이자 콜은 숨이 막혔다. 연이어 발길질을 당한 피터의 끙끙대는 신음소리가 들렸다. 콜이 키스를 올려다보았다.

"오 대 이는 남자답게 싸우는 게 아니지."

"좋아, 그럼 일어나서 나랑 싸우자."

키스가 말했다.

"어, 좋아. 대신 내가 널 때려도, 네 친구들은 뒤에 앉아서 보기만 해야 해. 근데 그럴 것 같지 않다. 난 그걸 모를 만큼 바보가 아니야."

"엉덩이를 걷어차일 녀석이 참 말도 많다."

키스가 또 콜을 발로 찼다.

갑자기 파란색 스테이션 왜건(접을 수 있는 자리가 있고 뒤쪽 도어로 짐을 실을 수 있는 자동차)이 방향을 바꾸어 갓돌 옆에 멈춰 서더니, 케네디 교장이 내렸다.

패거리들이 달아나기 시작했다.

"당장 멈춰, 안 그러면 경찰을 부를 테다. 너희들 모두 다 알아. 당장 제자리에 서!"

마지못해 패거리들이 돌아서서는 제자리에서 질질 발을 끌며 왔다. 콜과 피터가 멍든 옆구리를 꽉 움켜쥐고서 일어섰다. 피터의 코에서 피가 흘러내리자, 교장이 휴지를 건넸다.

"너희 괜찮니?"

교장이 물었다.

피터가 고개를 끄덕였다.

"여기서 뭐 하시는 거예요?"

키스가 겁을 내며 교장에게 물었다.

"되레 너희들이 여기서 뭘 하고 있었는지 알고 싶구나."

교장이 되받아쳤다.

"저흰 쟤들에게 아무 짓도 안 했어요."

에디가 주장했다.

"좀 생각해 보자. 피터와 콜이 또 너희에게 그냥 걸어와서, 이번에는 휴식을 취하며 즐겁게 놀려고 너희들 앞 보도에 주저앉아 있었던 모양이구나."

"저흰 정말로 쟤들을 해치지 않았어요."

알렉스가 변명했다.

"저흰 쟤들 머리를 살짝 건드렸을 뿐이에요."

키스가 거들었다.

"맞아요, 그냥 농담 좀 하고 있었어요."

다른 아이들이 맞장구를 쳤다.

"우리가 너희랑 농담했어야 했나 보다."

피터가 말했다.

교장의 목소리가 냉정해졌다.

"너희 다섯은 우리 학교에서 최고 겁쟁이들이다. 이 두 애 대신에 축구팀을 괴롭혀 보는 건 어떠니?"

패거리들은 저희끼리 능청스럽게 선웃음을 지었다.

교장이 천천히 걸음을 옮기며, 각자 눈길을 피할 때까지 아이들의 눈을 들여다보다가 큰소리로 외쳤다.

"너희에게 자존감이 없다고 다른 사람의 자존감을 파괴할 권리는 없어!"

콜은 교장의 행동에 깜짝 놀랐다. 그러려면 대단한 배짱이 필요했다. 하지만 콜은 여전히 결말이 어떻게 될지 의심스러웠다. 이 학교에서는 폭력에 대한 결말이 없었다. 섬에서처럼 명확한 결말이 말이다. 그곳에서는 땔나무를 패서 그것을 방수포로 덮어 놓으면, 콜에게는 겨울에 대비한 마른 장작이 생겼다. 그렇게 하지 않으면 장작은 없었다. 콜이 곰을 공격하면, 곰은 콜을 난폭하게 대했다. 곰에게 공간을 주면, 곰이 콜을 신뢰했다. 키스도 자신의 행동에 대한 결과를 대면하길 바랐지만, 이 학교에서는 섬에서처럼 신뢰와 믿음의 결과는 아니라는 것을 알고 있었다.

"콜, 너와 피터는 집에 가도 돼. 하지만 아침에 교장실에 들러."

교장이 곧바로 말을 이었다.

"나머지는 오 분 후에 교장실에서 다시 보자. 나보다 늦게 도착한 사람은 두 배로 벌을 받을 줄 알아."

키스가 무섭지 않다는 걸 증명하려는 듯 태연하게 어슬렁거리며, 학교를 향해 걸어가기 시작했다.

맞서 싸울 방법을 찾아라

콜은 피터와 보도로 들어서면서, 팔꿈치로 친구를 찔렀다.

"야, 네 비밀 무기가 성공했어."

"그래."

피터가 씩 웃었다. 그러고는 얼굴을 찡그렸다.

"괜찮니?"

피터가 얼굴에서 피를 훔쳐냈다.

"교장선생님도 키스와 그 패거리들이 벌이는 못된 짓을 그만두게 할 순 없을 거야."

"아까 키스가 널 때리는 모습을 보니까 걔 머리를 보도에 찧고 싶더라. 그 녀석이 남은 평생 말을 더듬거리게 하고 싶었어. 원형 평결 심사에서 날 교도소에 보내더라도 그 녀석을 흠씬 패 주고 싶었다니까."

피터의 눈에 눈물이 차올랐다.

"네가 교도소에 간다면 더 좋아질 게 하나도 없어. 넌 나의 하나뿐인 진정한 친구야."

콜이 씩씩거렸다.

"그 엿 같은 냉장고에 앉아 있고 볼링공을 날라도 전혀 도움이 되지 않아."

피터가 진심으로 말했다.

"나도 그렇게 생각하지만, 그래도 교도소엔 가지 마."

콜은 키스와 그 패거리에게 당한 일이나 교장을 만나러 가야 하는 것을 어머니에게 말하지 않았다. 그냥 더는 냉장고에 가서 앉아 있지 않겠다는 말만 했다. 스스로 자신의 문제를 해결해야 한다고 느꼈다. 콜은 지쳐서 일찍 잠자리에 들었다.

그날 밤 줄곧, 콜은 이리저리 뒤척였다. 알 수 없는 꿈에 시달렸다. 한순간 스피릿베어에게 난폭하게 다루어지다가, 이어서 잠깐 동안 허리띠로 아버지에게 세차게 맞았다. 곧이어 원형 평결 심사에서 콜을 도로 교도소에 보내려고 했다. 결국 마지막 꿈에서 콜의 토템이 괴물이 되어 콜을 공격하며 위협했다. 알람이 울렸을 때, 콜은 좀비가 된 기분이었다. 학교에 갈 준비를 하려고 침대에서 기어 나올 때는 멍든 옆구리를 움켜쥐고 얼굴을 찌푸렸다.

"정말 태워다 주지 않아도 되니?"

아침을 먹을 때 어머니가 물었다.

"예."

"너 괜찮아? 오늘 아침에는 끔찍하게 조용하구나."

어머니가 걱정했다.

"괜찮아요. 그냥 생각할 시간이 필요해요."

콜은 아침을 다 먹자 어머니의 볼에 재빨리 입을 맞추었다.

"사랑해요, 엄마. 오늘 밤에 원형 평결 심사가 있는 거 잊지 마세요."

콜이 단단히 일렀다.

"나도 사랑해."

어머니가 고개를 끄덕이며 따스하게 대답했다.

학교로 걸어가면서, 콜의 생각은 꿈처럼 복잡하기만 했다. 어제 휴대폰이 그들의 안전을 지켜주었지만, 휴대폰이 없으면 어떻게 해야 할까? 그러면 무슨 일이 벌어질까? 그리고 오늘 밤 원형 평결 심사단들이 여전히 자신을 불량배 문제아로 여기지는 않을까? 아버지가 오지 않는 것도 콜을 괴롭혔다. 콜은 시내의 아버지 사무실에 가서 아버지가 무엇을 하는지 살짝 알아보고 싶은 유혹을 느꼈다.

학교에 도착했을 때, 콜은 곧장 교장실로 가서 기다렸다. 몇 분 뒤에 피터가 와서, 둘은 함께 케네디 교장을 만나러 들어갔다.

"어제 너희가 한 일은 교활한 속임수였어. 내 휴대폰 번호는 어디서 났니?"

교장이 물었다.

"선생님들 책상 한 곳에서요"

피터가 시인했다.

"학생들이 내 휴대폰 번호를 갖고 학교에서 어슬렁거리지 않았으면 좋겠구나."

"저어어전 아무에게도 번호를 안 주었어요."

피터가 고개를 숙이며 대답했다. 목소리에 실망의 기운이 느껴졌다.

"좋은 생각인 것 같았어요."

"우릴 괴롭힌 애들은 어떻게 되나요?"

콜이 물었다.

"일주일 동안 근신을 내릴 거다."

"근신으로는 아무것도 바뀌지 않아요. 그게 학교 폭력을 막지 못한다고요. 다음에 그 애들이 저희 앞에 나타나면 저횐 어떻게 대처해요? 앞으로는 저희를 훨씬 더 괴롭힐 거예요."

"그 애들이 너희나 다른 누군가를 괴롭히면, 나나 선생님들께 말해."

"저희가 흠씬 두들겨 맞아 터진 후에요. 근신으로 그걸 바꾸지 못해요."

콜이 항의했다.

"이런 일이 또다시 발생하면 저 다섯 명은 정학당할 거다."

"그것도 의심스러워요. 그 애들이 정학을 당한다고 결론이

나는 게 아니에요. 그걸 알았다면 진즉에 깡패 짓거리를 그만 두겠죠."

콜이 분노를 억눌렀다.

"날마다 아이들은 괴롭힘을 당할 테고, 모두들 그걸 못 본 척하거나 그에 대해 어떤 행동도 취하지 않을 거예요."

"각자 제 할 일이 있단다. 어제 맞서 싸우지 않았던 건 잘한 일이야."

교장이 말했다.

"교장 선생님은 이해하지 못하셨어요, 안 그래요? 요점은 저희가 맞서 싸우지 않았다는 게 아니잖아요. 제가 문제아였을 때는, 싸우려고 하지 않는 애일수록 더 괴롭혔어요. 모르시겠어요? 제가 어떻게 하든 제가 망가진다는 걸요? 주먹을 쓰면 전 교도소에 가요. 아무것도 안 하면 샌드백이 되겠죠."

콜이 화를 내며 폭발했다.

"머리를 써 봐."

교장이 무뚝뚝하게 대꾸했다.

"저어어흐희가, 저희가 휴대폰을 이용했는데 교장선생님께서 안 좋아하시잖아요."

피터가 항의했다.

케네디 교장이 책상 너머로 손을 뻗어 양손으로 서류를 모아서 집어 들었다.

"쉬운 답이 없구나. 자, 이제 너희는 수업에 들어가야지."

방과 후에, 콜은 불도그 동상 근처에서 피터를 보았다. 학기가 시작되어 학교에 돌아오면, 부서진 동상 받침돌에는 어김없이 패거리들의 새 상징들이 나타났다.

"볼링공을 떨어뜨리지 않을 거면 뭘 하고 싶니?"

피터가 물었다.

"보이지 않게 하는 장소를 찾아보자."

"좋아. 정말로 조용한 곳으로 가 보자."

피터가 맞장구쳤다.

십여 분 후, 그들이 여전히 명상 장소를 찾고 있는데, 거친 욕설과 외침 소리가 들렸다. 바로 앞에서 폐건물에 사는 늙은 노숙인을 괴롭히는 두 소년이 보였다. 한 애가 노인을 조롱했고 다른 애는 카트를 넘어뜨렸다.

소년이 괴롭히려고 가까이 접근할 때마다, 반백의 노인은 먼저 조각칼을 휘둘렀다. 하지만 이내 더러워진 허연 담요를 어깨에 꼭 두르고는, 무릎을 꿇고서 몸을 한껏 움츠렸다. 콜은 아버지가 허리띠로 채찍질할 때 그런 식으로 위축되어 몸을 움츠렸던 기억이 떠올랐다. 한 소년이 노인의 담요를 움켜쥐는 모습이 눈에 들어왔다. 노인은 절망적으로 담요에 매달렸지만, 그 애가 소리 내어 웃으며 홱 잡아당겼다.

"당장 멈춰!"

콜이 후닥닥 달려가면서 외쳤다.

바로 그때, 라이트를 번쩍이며 굴러오는 경찰차가 시야에 들어왔다. 두 소년이 잽싸게 달아났다. 노인이 담요를 집어 들고 뒤집어진 카트로 돌아가서는, 난폭하게 노려보며 세상을 향해 칼을 휘둘렀다.

두 경찰이 차에서 내리더니 총을 겨누고 분노하는 노인을 향해 다가갔다. 경찰은 천천히 노인 주위를 빙빙 돌면서 참을성 있게 두 팔을 뻗으라고 요구했다. 마침내 한 경찰이 뒤에서 노인을 잡아채자 다른 경찰이 노인의 손에서 칼을 빼내려고 씨름했다. 그러고는 노인에게 수갑을 채웠다.

콜이 달려갔다.

"경찰 아저씨, 저 할아버지가 잘못한 게 아니에요."

"그런데 너는 누구니?"

"전 콜 매슈스예요. 두 남자애가 할아버지를 괴롭히고 있었어요. 할아버지 카트를 엎어 놓고 담요를 빼앗았어요. 할아버지는 자신을 보호했을 뿐이에요."

노인이 잔잔해진 푸른 눈으로 콜을 바라다보았다.

"그렇게 했던 애들을 아니?"

경찰이 물었다.

콜이 머리를 내저었다.

"누군지 알아보지 못했어요."

"아무튼 간에 이 노인네가 사람들에게 칼을 휘두른 건 잘못이야."

다른 경찰이 참견했다.

피터가 경찰차 옆에 있는 콜에게 다가왔다.

"할아버진 그걸로 조각을 했어요. 저희가 조각하는 걸 봤어요."

피터가 설명했다.

"그래도 연행해야 해."

경찰차가 수갑을 채운 노인을 태우고 떠났다. 노인의 소지품들이 땅바닥에 흩어져 있었다. 노인이 거리를 치우고 있었던 듯, 낡은 옷가지들, 오래된 볼링 대회 트로피, 손거울, 부서진 장난감들, 옷걸이 꾸러미와 그저 그런 쓰레기들이었다.

"저것들을 모두 카트에 넣어서 할아버지가 사는 곳에 갖다 놓자. 그 건물 안에 두고 오면 될 거야."

콜이 제안했다.

그들은 재빨리 흩어져 있는 물건들을 주웠다. 물건 주워 모으기가 거의 다 끝나갈 무렵 피터가 소리쳤다.

"야, 이걸 봐!"

"뭔데?"

콜이 물었다.

피터가 걸어와서 콜에게 물건 하나를 건넸다.

"할아버지가 조각한 건가 봐."

콜은 손에 든 조그만 나무 조각을 돌려보았다. 노인은 처음에 곰의 머리를 조각하고 있었다. 놀랍게도 실물처럼 보였다.

피터가 콜에게서 곰 조각을 가져갔다.

"야, 이거 진짜처럼 보여. 나도 이런 걸 조각해 보고 싶어."

그날 밤에, 가비는 낡은 스테이션 왜건을 끌고 원형 평결 심사에 갈 콜과 콜의 어머니를 데리러 왔다. 그들은 모두 앞자리에 앉았다.

"그래 너와 피터가 뭘 했다고?"

가비가 물었다.

"다시 섬에 있는 척 해보려고 애썼어요. 못을 찾아서 프레이저 식료품 가게의 냉장고에 앉아 있었어요. 볼링공을 조상바위 삼아서, 폐건물에서 떨어뜨려도 보았고요. 하지만 소용이 없었어요."

"이제 너희에게는 못이나 조상바위가 더는 필요 없어. 나뭇잎을 보거나, 하늘의 별을 잠깐 올려다보거나 가만히 눈을 감고 심호흡을 해 봐. 이미 너희 안에 존재하는 그곳으로 가 보라고. 섬이 너희에게 그런 곳이 있다는 걸 가르쳐 주었잖아. 이제 너희가 해야 할 건 모두 그곳에 있으니까."

가비가 의견을 내놓았다.

"말은 쉽죠."

"정말로 쉬우니까. 잊지 마."

"노력해 볼게요."

콜이 약속했다.

"스피릿베어는? 너희 스피릿베어를 봤다고 했지?"

가비가 물었다.

콜이 당황스러운 듯 가비를 건너다보았다.

“월요일에 그걸 봤다고 생각했었는데, 그냥 어떤 할아버지였어요.”

콜이 가비에게 대꾸하고는 경찰에 체포된 늙은 노숙인에 대해 어머니에게 설명했다.

“오늘 오후에 그 할아버지의 물건을 주워 담을 때, 피터가 그 할아버지가 조각하기 시작한 곰 머리를 발견했어요.”

“그건 좋은 징조구나.”

가비가 위로했다.

“그래요. 정말 우연의 일치예요!”

“우연의 일치는 없어. 그걸 명심해.”

곧이어 가비의 얼굴이 진지해졌다.

“너희 둘이 폐건물에서 볼링공을 떨어뜨린다는 게 맘에 안 드는구나.”

가비가 걱정했다.

“그건 벌써 그만두었어요. 실수였어요.”

“멍청한 실수지.”

“아저씨, 아저씨도 제 나이 때 실수를 했다고 하셨잖아요?”

가비가 고개를 끄덕였다.

“수없이 했지. 하지만 자신이 있어야 할 자리를 자신의 마음과 영혼 안에서 발견한다면 그런 실수를 안 한다는 것도 발견했고. 콜, 네 마음과 영혼이 올바른 곳에 있지 않을까 봐 난 정말 두렵구나."

콜이 원형 평결 심사에 도착했을 때, 벌써 절반의 자리가 채워져 있었다. 콜을 섬에 유배 보냈던 모임을 이끌었던 통통한 여성 지킴이 사회자가 보였다. 그 회의에 참석했던 다른 사람들도 자리에 앉아서 나지막이 이야기를 나누고 있었다. 새 얼굴이 보여서 콜은 화들짝 놀랐다.

"교장선생님, 여긴 어쩐 일이세요?"

콜이 속삭였다.

"가비가 날 초대했단다. 신경 쓰이니?"

"어, 아니에요."

콜은 초조하게 대답했다. 그러고는 자리에 앉아서 또 다른 놀라움을 찾아서 회의장 안을 힐끗거렸다. 피터가 왔지만, 피터의 부모님이 그 애를 원형 평결 심사단 맞은편에 앉게 했다.

정확히 일곱 시에, 사회자가 일어서서 중앙으로 걸어갔다. 회의가 소집되었음을 알리며, 다들 소중한 회의에 참여했다고 선언하자 다 함께 일어나서 손을 잡았다. 이번에 콜은 어머니와 가비의 손을 잡고 있었다. 지난번에는 부모님 사이에 있었다. 지금 아버지는 모습을 드러내지 않았다.

사회자가 간단한 기도를 시작했다. 하지만 교회에서처럼 신에게 바치는 기도가 아니었다. 온 사물을 둘러싸며 채워 주는 신들에게 드리는 기도였다. 명예와 감사에 대한 기도였다.

이윽고 사회자가 매의 커다란 갈색 깃털을 들었다.

"이 깃털은 정직과 존중을 상징합니다. 이 깃털이 없는 사람은 발언권이 없습니다. 여러분이 의견을 말할 때는 진심으로 말하십시오. 오늘 밤은 피터와 콜이 섬에서 겪었던 일들을 들려주는 것으로 회의를 시작하겠습니다. 그러고 나서 이 소년들과 함께 지냈고 콜의 변화에 대해 어떻게 생각하는지 콜의 보호관찰관 말씀을 듣겠습니다."

사회자가 케네디 교장에게 돌아섰다.

"또한 새로 부임하신 케네디 교장선생님도 초청했는데, 교장선생님께는 학교에 돌아온 뒤의 피터와 콜과 함께한 이야기를 듣겠습니다. 그런 뒤에 깃털을 모든 분에게 돌리도록 하겠습니다."

사회자가 깃털을 건네주자, 콜은 침착해지려고 노력했다. 섬에서 탈출하려고 고군분투하던 일, 곰에게 난폭하게 공격당했던 일, 변화가 시작되었던 밤, 나무에 살던 참새들을 걱정하며 보냈던 폭풍우 치던 바로 그날 밤을 설명할 때는 다른 사람의 이야기를 하는 듯한 느낌이 들었다.

"번개가 나무를 쳤어요. 참새들은 무기력했지만 죄가 없었어요. 그렇게 죽을 만한 이유가 없잖아요. 저는 그 애들을 구해 주고 싶었어요. 제가 아닌 다른 무언가를 걱정한 건 그때가 처음이었어요."

콜은 피터가 섬에 왔고 둘이 어떻게 친구가 되었는지 들려주며 말을 마쳤다.

"제가 섬을 떠나기 전에, 피터가 제 토템에 원을 조각하도록 도와주었어요. 가비 아저씨께서 우리 삶은 온 만물에 영향을 주는 더 큰 존재의 일부라고 가르쳐 주어서 원을 새기고 싶었거든요. 원의 모든 곳에는 시작과 끝이 존재하며, 원에서는 모두가 하나예요."

콜이 깃털을 되돌려 주자 사회자가 빙그레 미소를 지었다. 곧이어 깃털은 건너편의 피터에게 건네졌다.

"코오오올이 제게 한 일 때문에 저어언 콜만큼 말을 잘하지 못 해요."

피터가 더듬거리며 말을 이어 나갔다.

"하아아지만 콜이 어렸을 때, 그 애한테 저어엉말 나쁜 일이 일어났어요. 섬에서 코오오올은 제가 생각했었던 괴물이 아니었어요."

피터가 생긋 웃었다.

"제가 카드 게임에서 이기면 여전히 멍청이처럼 굴지만요."

사람들이 웃음을 터트렸지만, 피터는 계속 진지함을 유지했다.

"콜은 변했어요. 섬에서 어느 날 제가 막 화를 내며 무지막지하게 때리는 데도 맞서 싸우지 않았어요. 그러지 말아야 했다는 거 알지만, 전 정말 화가 났었거든요."

피터가 깃털을 만지작거리다가, 곧바로 콜에게 시선을 돌렸다.

"제가 이런 말을 하게 될 거라고는 상상도 못 했었는데, 지금은 콜이 저의 가장 친한 친구예요."

가비가 깃털을 받아들자 이어서 말했다.

"전 어렸을 때 유배를 경험했습니다. 그런 이유로 콜도 그 경험을 해 보길 바랐습니다. 섬에서는 그 어떤 일도 우리가 계획했던 대로 진행되지 않습니다. 하지만 전 제 눈앞에서 두 소년이 성장하고 변하는 모습을 목격했습니다."

가비가 생각에 잠겼다가 다음 말을 이었다.

"이 아이들의 싸움은 아직 끝나지 않았습니다. 하지만 전 두 아이 다 그런 전쟁에서 싸워 가며 충분히 성숙해졌다는 걸 증명했다고 생각합니다. 이런 때에 콜에 대한 처벌은 역효과를 낳을 겁니다."

콜은 안절부절못하며 케네디 교장이 말하기를 기다렸다. 키스와의 싸움에 대한 교장의 말 한마디가 콜을 교도소에 보낼 수도 있었다.

교장이 느릿느릿 손에 든 깃털을 돌렸다.

"전 이 학교에 오기 전에 콜도 피터도 몰랐습니다."

교장이 잠깐 뜸을 들이다가 다시 시작했다.

"저 애들은 도시로 돌아오기가 쉽지 않았을 겁니다. 지금 저들이 어떤 일들을 경험하고 있는지 전 잘 알고 있습니다.

따라서 자발적으로 노력한다면, 콜과 피터가 반드시 극복해 내리라고 생각합니다."

콜은 안도가 아니라 순간 분노가 이는 걸 느꼈다. 콜과 피터는 이미 최선의 노력을 다하고 있는데 효과가 없었다! 교장은 그들이 겪고 있는 일들에 대해 한 치도 몰랐다!

사회자가 사람들이 가득 찬 원형 평결 심사 주위로 깃털을 돌리기 시작했을 때, 피터의 부모를 포함해서 다들 콜이 섬에 유배된 동안에 변했다는 데 동의했다. 위원회는 앞으로 이 년 동안 계속해서 콜을 보호 관찰하도록 법정에 권고하기로 했다. 그 기간에 콜이 문제를 일으키지 않는다면, 그간의 기록이 삭제된다. 반대로 문제를 일으킨다면, 그다음 단계는 자동으로 교도소행이다.

사회자가 물었다.

"발언하고 싶으신 분 더 있습니까?"

콜이 깃털을 향해 손을 뻗었다.

"가비 아저씨께서 피터와 제가 이제 자신의 문제와 맞설 만큼 충분히 성숙해졌다고 말씀하셨는데 틀렸어요."

콜이 쉬었다가 다시 시작했다.

"저희가 돌아온 후, 아이들이 저희에게 시비를 걸고, 놀려대며 싸움을 걸어왔어요. 그 애들은 피터를 놀리며 절 자극했어요. 전 걔들이 피터를 해치는 걸 두고 볼 수 없어요. 하지만 맞서 싸우면, 전 교도소에 가야 해요. 싸우지 않으면 피터가 다치게 되고요. 개들이 절 사이코라고 부르고, 피터는 절름발이에 지진아라고 불러요."

콜의 목소리는 절망적이었다. 콜은 점점 커지는 분노를 목너머로 삼켰다.

"어떻게 해야 할지 모르겠어요. 전 진짜 두려워요. 여러분이 저희에게 하라는 대로 뭐든 할게요."

깃털이 또다시 사람들 주위로 돌려졌다.

케네디 교장은 썩 도움이 되지 않았다.

"문제가 좀 많기는 합니다. 왜 교육자들이 한 학생을 징계해서 소송으로 끝맺는 위험을 감수해야 할까요? 정규직 교사들이 더 열심히 일하게 하려면 어떤 동기가 있어야 할까요? 많은 사람이 포기하고 더는 신경 쓰지 않고 있습니다."

깃털이 계속 사람들에게 돌아가면서 불량 학생 문제의 해결책과 아이디어를 의논하자, 어색한 침묵이 강당을 가득 채웠다. 깃털이 다시 돌아왔을 때, 사회자가 마지막으로 물었다.

"덧붙일 말씀이 있으신 분?"

다시 콜이 손을 들었다. 깃털을 받아들자, 콜이 원형 평결심사에 참여한 사람들을 둘러보았다.

"마지막으로 드릴 말씀 두 가지가 있어요. 첫째는 저를 포기하지 않으셔서 감사드립니다. 이 말은 정말이에요."

콜이 잠깐 숨을 골랐다가 케네디 교장을 똑바로 바라보며 깃털을 꼭 쥐었다.

"하지만 변명이 저희를 돕지 못해요. 내일이나 그 다음날 불량배들이 학교에서 나오는 저희를 따라온다면, 전 어떻게 행동해야 할지 여전히 모르겠네요."

가비는 콜과 어머니를 차에 태워 집으로 운전해 가면서 말이 없었다. 이윽고 집으로 들어가는 진입로에서 차를 멈추고, 가비가 몸을 돌려 말했다.

"콜, 오늘 밤 원형 평결 회의에서 정직했던 네가 자랑스럽다. 그리고 두려움을 인정하는 네가 더욱더 자랑스러웠어. 그게 바로 대인배임을 보여 주거든."

콜이 어깨를 으쓱였다.

"전 아직도 뭘 해야 할지 모르겠어요. 제 눈앞에 불량배가 다가오면, 전 어떻게 해야 하죠?"

"전에 맞서 싸우라고 말했잖아. 주먹을 쓰지 말고 말이다."

가비가 일렀다.

"벌써 마냥 앉아서 맞서 싸우지 않으려고 애써 보았어요. 그런데 소용이 없었어요. 교장선생님께서도 그걸 안 좋아하셨고요."

가비가 머리를 휘휘 내저었다.

"맞서 싸울 다른 방법이 있을 거다."

"어떤 거요?"

어머니와 함께 차에서 내리면서 콜이 물었다.

"그건 네가 알아내야지."

가비가 이렇게 말하고는 손을 들어 작별 인사를 하고 진입로를 빠져나갔다.

"저 아저씬 진짜 멍청이일지 몰라요."

콜이 중얼거렸다.

노인과 스피릿베어

학교에 돌아온 첫 주의 마지막 날, 콜은 금요일 수업을 마치는 종소리가 더없이 반가웠다. 섬에서, 시간은 빛과 날씨의 변화와 함께 흘러갔다. 지금은 시간이 시계, 달력, 매 수업이 고통스럽게 느릿느릿 지났음을 알리는 종소리로 바뀌었다.

피터는 앞 계단에서 콜을 만났다.

"그 할아버지를 찾아서 조각상을 돌려주기로 마음먹었어. 같이 갈래?"

피터가 선언하듯 물었다.

콜이 주저했다.

"넌 그 할아버지가 안 무서워, 정말? 경찰에게 칼을 휘두르는 모습을 본 뒤로, 난 할아버지 근처 어디에도 가고 싶지 않아."

피터가 완성되지 않은 곰 머리를 들었다.

“이걸 갖고 싶지만, 내 것이 아니잖아.”

그러고는 크기는 같지만 진짜처럼 보이지 않는 두 번째 머리를 들어 올렸다.

“할아버지께 드리려고 내가 이걸 조각했어.”

“왜?”

피터가 어깨를 으쓱거렸다.

“우리가 괜찮다는 걸 보여 주려고. 하아알버지께서 우리를 무서워하는 만큼 우리도 할아버지를 무서워하잖아.”

“네가 찾아보는 걸 도와줄게. 그런데 위험하면 어떡하니?”

“지금도 네가 위험하면 어떡하니?”

피터가 되물었다.

거의 한 시간 동안 거리를 헤매고 다닌 후, 콜이 제안했다.

“아무래도 폐건물에 가서 할아버지 카트에 조각을 두고 오는 게 낫겠어.”

“좋아, 하지만 먼저 우리 집에 들러서 손전등을 가져가자. 지하실을 살펴보고 싶어.”

피터가 말했다.

“너 우릴 죽게 할 셈이구나.”

피터가 싱글거렸다.

삼십 분 후에, 콜과 피터는 부서진 문을 지나 폐건물 안으로 미끄러지듯 들어갔다. 계단 아래에 있던 쓰레기 카트가 사라지고 없었다. 그들은 컴컴한 지하실로 내려가는 계단 꼭대기까지 소리 없이 까치발로 걸어갔다.

"계세요!"

피터가 머뭇거리며 외쳤다.

"저기 아무도 없어요?"

콜이 목청껏 고함쳤다.

아무 소리도 들리지 않자, 그들은 손전등의 스위치를 켜고서 계단을 내려가기 시작했다. 곰팡이 냄새가 공기를 가득 채우고 있었다.

"시체 썩는 냄새인가 봐."

피터가 속삭였다.

콜이 피터를 푹 찔렀다.

"조용히 해. 네 말 때문에 섬뜩하잖아."

콜이 천천히 원 모양으로 불빛을 비췄다. 거미줄이 천장에서 늘어져 있는, 널찍한 공간은 거의 9미터는 됨직했다. 낡은 매트리스 하나가 한쪽 구석에 놓여 있었다. 그곳은 너덜너덜한 담요로 말쑥하게 덮여 있었다. 큰 종이 상자 하나가 탁자 구실을 하고 있었다.

별안간 위층에서 발소리가 들렸다. 두 소년은 손전등을 끄고 숨을 죽였다.

발소리도 그쳤다.

"여기서 나가자."

콜이 계단을 뛰어 올라가며 나지막이 말했다. 피터가 놀라서 뒤따라왔다. 계단 꼭대기로 나와서야, 그들은 딱 멈추어 섰다. 6미터도 안 되는 곳에 그 늙은 노숙인이 서서, 공격을 피하려는 듯이 몸을 움츠리고 있었다.

"저어희이는 이걸 돌려드리려고 여기 왔어요."

피터가 더듬거리며 곰 조각을 내밀었다. 그러고는 몸을 숙여 조각을 바닥에 내려놓았다.

"이이거얼 경찰이 할아버지를 체포하던 날 발견했어요."

직접 새긴 조각을 먼저 것 옆에 내려놓는 피터의 목소리가 떨렸다.

"저어거엇도 할아버지께 드릴게요."

대답을 기다리지 않고, 콜과 피터는 부서진 정문 사이로 물러나서는, 몸을 돌려 서로 부딪치면서 달아났다. 건물에서 멀리 벗어나고 나서야, 그들은 뜀박질을 멈추고 돌아보았다. 노인이 문가에 서서 호기심 어린 눈으로 둘을 쳐다보고 있었다.

"스피릿베어가 저렇게 우리를 바라다보곤 했어."

피터가 이렇게 내뱉고는 돌아서서 계속 달려갔다.

토요일 아침에, 콜은 어머니가 요양원에 화분을 나르는 걸 도와주었다. 그러고 나서 피터가 나왔는지 살펴보러 쇼핑몰로 향했다. 피터 부모님은 원형 평결 심사의 결정에 동의했지만, 여전히 피터와 콜이 가까이 지내는 걸 탐탁지 않게 여겼다. 그래도 상관없었다.

콜은 피터를 기다리면서 따스한 가을날을 만끽하기로 마음먹었다. 정문 근처 풀밭에 앉아서 경적 소리, 자동차 엔진 소리, 사이렌 소리와 아이들의 외침 소리 같은 도시의 들뜬 소음에 귀를 기울였다. 피터를 기다리는 동안 콜은 눈을 감고 긴장을 풀었다.

산들바람이 근처 스프링클러에서 안개를 몰고 와 얼굴에 뿌리자, 콜은 바위를 때린 뒤 깊고 차가운 웅덩이로 떨어지는 폭포수를 상상했다. 다른 소리들도 서서히 함께 녹아들며 부드러워졌다. 콜은 깊이 숨을 들이마시며, 갓 깎은 잔디의 자극적인 향기를 음미했다.

섬에 있는 동안 콜과 피터는 침묵 속에서 그들을 둘러싼 만물과 섞이는 법을 배우며 보이지 않게 되었다. 바람, 비, 살아있는 만물은 더 큰 무언가의 일부, 거대한 순환의 일부였다. 잔디밭에 앉아서 콜은 더 크고 더 경이로운 무언가의 일부가 되는 것이 중요하다고 생각했다. 동시에 우주의 먼지 조각보다 더 하찮고 더 작게 느끼기도 했다.

한 어머니가 쇼핑몰에서 고함치는 아이를 끌고 가는 소리가 들리자 콜은 물고기에게 돌진하며 날카롭게 외치는 독수리를 상상했다. 요란한 경적은 깜깜한 밤에 울어대는 올빼미의 울음소리가 되었다. 주변의 모든 소리와 감각이 자연현상이 되며, 차츰차츰 더 큰 무언가로 녹아들었다. 오래지 않아 콜은 멀리 점점 더 멀리 떠다니다가, 한계가 없고, 경계가 없으며 문제가 없는 별들 사이의 우주로 날아가 다른 세계에 존재하게 되었다. 호흡할 때마다 몸이 더욱 녹아들더니, 결국 콜을 둘러싼 모든 것의 일부가 되었다. 보이지 않게 되었다.

눈을 뜨기 전까지 딱 일 분이 지난 듯했지만 쇼핑몰 정문 위 시계는 한 시간이 훌쩍 지났다고 말하고 있었다. 다람쥐 한 마리가 60센티미터 앞에서 거의 미동 없이 앉아서, 두 앞발로 나무 열매를 꼭 잡고 콜을 빤히 쳐다보고 있었다. 콜은 또 다른 존재를 느꼈다. 천천히 둘러보았다. 폭포와 독수리가 사라졌다. 또다시 경적이 울리고 아이들 고함소리와 분주한 쇼핑객들이 사방팔방 폭격해댔다. 붐비는 주차장에서는 차들이 꼬리를 물고 움직이고 있었다.

그러고 나서 콜은 보았다.

그 노숙인이 양손으로 쇼핑 카트를 잡고 주유소 근처 주차장 건너편에 서 있었다. 침착하고 예리한 눈으로 콜을 응시하고 있었다. 콜이 잠깐 맞받아보다가 시선을 내렸다. 몇 초 뒤에 슬쩍 눈길을 올려 보니 노인은 사라지고 없었다. 그저 자취를 감추어 버렸다. 콜이 한동안 찾아보았지만 노인은 흔적조차 안 보였다. 결국 콜은 도로 잔디밭에 누웠다.

콜은 노인 때문에 당황했지만, 다른 일들이 이해되기 시작했다. 가비가 못, 조상바위들과 춤사위들은 아주 단순한 도구라고 했었다. 이미 자리하고 있는 곳이 원이 될 것이기 때문에 거대한 순환의 일부가 되는 건 쉬운 일이라고도 했었다.

그리고 바로 그 일이 오늘 일어났다. 오늘은 의식도 없고, 요령도 안 피우고, 도구들도 없었다. 단지 정적뿐이었다. 고요함, 그것이 콜에게 필요한 전부였다. 요즈음 들어 처음으로 마음이 평온해지는 걸 느끼며, 콜은 일어나서 집으로 향했다. 오늘 오후의 일을 피터에게 얼른 얘기하고 싶었다.

쇼핑몰에서 겨우 한 블록 걸어갔는데 키스와 패거리들이 거리에서 자신을 향해 다가오고 있었다. 키스는 입가에 사악한 조소를 머금고, 패거리를 이끌며 건들건들 걸어왔다.

처음에 콜은 돌아서서 달아날까 생각했지만, 그건 언제라도 벌어질 이 상황을 단순히 미루는 것에 불과했다. 어떤 의미에서 주변에 피터가 없다는 점이 대결하기에 좋은 때이기도 했다. 하지만 어떻게 키스와 대적할까? 콜은 다친 팔로 멍든 갈비뼈를 바싹 감싸고 계속 걸었다.

콜이 피하지 않았기 때문에 믿을 수 없다는 듯 키스가 거리를 가로질러 왔다.

"야, 사이코. 너 아예 엉덩이를 걷어차일 작정이구나!"

키스가 외쳤다.

콜은 여전히 어떻게 행동해야 할지 몰랐다. 불량배들이 다가오자 마음이 뒤죽박죽 혼란해졌다. 가비는 주먹을 쓰지 말고 싸우는 방법이 있다고 했다.

"넌 끝장이야, 시골뜨기. 지진아 친구는 어디 있냐?"

키스가 물었다.

콜은 심호흡을 하고 애써 떠올리려던 생각을 잠깐 멈추었다. 대신에 낯선 침착함을 느끼며 패거리를 응시할 뿐이었다. 그 순간 생각이 떠올랐다. 콜은 신중히 키스에게 말을 걸었다.

"나를 건드리기 전에, 네겐 세 가지 선택권이 있어."

"그게 뭔데, 곰 먹이? 네 엉덩이를 왼쪽이나 오른쪽을 차 버리던가 아니면 그냥 날려 버리는 거?"

패거리들이 요란하게 웃어댔다.

"그래 내가 뭘 선택했을까?"

키스가 빈정대며 물었다.

"난 너와 싸우지 않을 거야. 그러니까 날 내버려 두던가……."

"그건 안 돼. 다른 걸 대봐."

키스가 조롱했다.

콜은 계속 침착하게 말했다.

"아니면 날 패던가."

"그건 좋은 계획이네. 난 그게 좋아."

키스가 말했다.

콜이 고개를 끄덕였다.

"당연히, 네가 그걸 선택하면 난 널 고소할 거야."

"날 고소할 거라고, 그럼 우리가 널 죽여 버릴 거야! 세 번째 선택은 뭐냐?"

키스가 위협했다.

"방금 말했잖아. 날 죽여 버리는 거."

콜이 당당하게 키스의 차가운 시선을 똑같이 맞받아쳤다.

"그게 오늘 네가 선택할 것들이야. 날 내버려 두거나, 날 때려서 고소를 당하거나……."

콜은 상대의 주의를 끌려고 잠깐 숨을 돌렸다.

"아니면 날 죽이던가."

키스의 웃음소리가 잦아들었다.

"난 진지해. 그러니까 어떤 걸 할 거야? 난 네가 하나도 안 무서워."

콜이 말했다.

"네가 우릴 고자질하는 걸 두려워한다고 생각하지?"

키스가 물었다.

"어. 너흰 엄청 겁먹었을 거야. 그리고 날 죽인다면, 너희 중 하나는 나머질 배신할 테고 그래서 모두 다 평생 철장 신세를 지게 되겠지. 악명 높은 불량배들이랑. 진짜 살인범과 강간범이랑 있게 될 거야. 그럼 너흰 뭘 하게 될까?"

"말은 그럴싸한데 말이야."

키스가 콜의 배를 세게 때리며 말을 이었다.

"네 수다가 지겹다, 떠버리야."

"이제 널 고소해야겠네."

콜이 숨을 헐떡이며 다른 아이들에게 돌아섰다.

"누구 고소당하고 싶은 사람?"

"우리가 너 따위를 무서워할 줄 알아."

키스가 비웃으며, 콜을 더 세게 밀어서 뒤로 비틀거리게 했다. 곧이어 친구들을 뒤돌아보았다.

"무슨 일이야? 너희들 이 낙오자 새끼가 두려운 거야?"

"넌 이미 네 무덤을 팠어. 네 친구들은 그렇게 바보 같지 않을걸."

콜이 키스에게 쏘아붙였다.

"열 받게 하네."

키스가 되받아쳤다.

"너 따윈 두렵지 않아!"

키스가 힘껏 팔을 휘둘러 콜을 바닥에 쓰러뜨렸다.

콜은 천천히 일어나 앉아서, 코와 입에서 흘러내리는 피를 훔쳐냈다.

"너흰 두려운 게 맞아."

콜이 냉정하게 말했다.

키스가 친구들을 돌아보았다.

"낙오자들 거기 가만히 서서 쳐다만 볼 거냐?"

키스가 닦달했다.

"난 경찰과 부딪치고 싶지 않아. 우리 아빠가 죽이려고 할 거야."

에디가 대꾸했다.

"나도 마찬가지야."

알렉스가 맞장구쳤다.

키스를 제외한 네 명의 아이들은 느릿느릿 콜에게서 뒷걸음쳤다.

"재를 그냥 놔두자. 잰 미쳤어."

한 아이가 제안했다.

키스가 콜의 가슴에 분노의 발길질을 가했다.

"겁쟁이 놈!"

콜은 보도에 피를 뱉으며 갈비뼈를 문질렀다.

"당장 날 죽이는 게 좋을걸. 곧장 경찰서로 갈 거니까. 이건 폭행이야."

키스가 모호한 표정을 지으며 경찰이 있는지 살펴보는 듯 거리를 힐끗거렸다.

"야, 봐. 농담도 못 하냐?"

키스가 느닷없이 외쳤다.

콜이 일어나서 보도를 가리켰다.

"이 피가 농담이면, 내가 웃지 않지. 날 죽일 작정이 아니라면, 경찰서로 갈 거야."

콜이 돌아서서 걸어가기 시작했다.

"야, 고자질쟁이! 쥐새끼! 네가 날 밀고했다고 학교 애들에게 말할 거다!"

키스가 뒤에 대고 소리쳤다.

콜은 계속 걸어갔다.

콜이 피범벅이 된 얼굴로 찢어진 옷을 입고 집에 들어오자, 콜의 어머니는 손으로 입을 막으며 숨이 멎을 듯 울부짖었다.

"무슨 일이야!"

콜은 키스에게 어떻게 맞았는지 털어놓았다.

"고소할 거예요. 저랑 함께 가주시겠어요?"

콜이 부탁했다.

"그래……. 먼저 얼굴의 피부터 닦자."

어머니가 젖은 수건을 거머쥐었다.

콜이 어머니의 손을 밀어냈다.

"키스가 어떤 짓을 했는지 경찰에게 보여 주고 싶어요."

그들이 경찰서에 도착했을 때, 콜의 어머니가 고소장을 쓰고 제출하도록 도와주었다. 당직 경찰이 콜의 얼굴과 가슴 사진을 찍었다.

그 뒤에, 콜은 가비의 집에 잠깐 들르고 싶었다.

"다음에 가면 안 될까?"

콜의 어머니가 물었다.

"안 돼요. 아저씨도 어떤 일이 벌어졌는지 보셔야 해요. 제가 주먹으로 맞서지 않았다는 걸 자랑스러워할 거예요."

십오 분 후에 그들은 주와 주 경계 근처에 있는 가비의 작은 집 진입로로 들어섰다. 콜이 갈비뼈를 움켜쥔 채, 여전히 피 얼룩이 진 뺨을 하고 차에서 내렸다. 마당에서 일하고 있던 가비는 갈퀴를 내려놓고 달려왔다.

"세상에 무슨 일이니?"

가비가 흥분해서 외쳤다.

콜이 얘기하는 동안 가비가 콜의 얼굴과 멍든 갈비뼈를 살펴보았다.

"키스 혼자 널 이렇게 했다는 거니?"

콜이 고개를 주억거렸다.

"고소할 테니까 차라리 절 죽이라고 했어요. 그리고 전 고소했어요. 방금 경찰서에서 오는 길이에요. 그 일로 키스는 제게 당치 않은 짓을 했다는 걸 배우게 될 거예요."

가비가 천천히 숨을 내뱉었다.

"앞으로 키스는 네가 두려울 때만 널 그냥 내버려 두겠구나."

"그럼 좋겠네요. 제겐 다른 선택이 없으니까요."

콜이 대꾸했다.

"언제나 넌 다른 선택을 할 수 있어."

가비가 말했다.

"아저씬 얻어맞는 걸 어떻게 막을 건데요? 제가 그걸 알아낼 수 있다고 하지 마세요."

콜이 낙담하며 따졌다.

가비가 어깨를 으쓱였다.

"어떤 날들은 그냥 안 좋은 날들일 뿐이야. 불량배들이 널 궁지에 몰아넣을 때는, 안 좋은 날이 되겠지. 그걸 바꾸기 위해 네가 할 수 있는 일도 많지 않고."

가비가 머리를 천천히 흔들었다.

"중요한 건 네 자존심을 지키고 내일은 더 나은 날이 되도록 돕는 행동을 하는 거지."

"그렇게 했어요!"

콜이 부글거리던 분노가 커지는 걸 느끼며 싹둑 말을 잘랐다.

가비가 두통이 일어난 듯 눈을 감고 이마를 문질렀다.

"고소하는 건 깡패들이 이용하는 것, 두려움과 똑같은 도구를 사용하는 거야."

콜이 양손을 허공으로 날렸다.

"제가 아무것도 안 해야 만족하시죠! 전 주먹을 써서 싸우지 말아야 해요. 교장선생님은 저희가 휴대폰을 쓰는 걸 안 좋아하셔요. 주저앉아 있는 건 도움이 안 됐어요. 이젠 머리를 써도 안 된다는 거네요."

"아무도 네게 이걸 하라고 할 권리가 없어. 아무도! 콜, 고소하는 것도 괜찮아. 내 말은 넌 다른 선택들을 할 수 있었다는 거야. 네가 주먹으로 싸워야 할 때가 있지만, 그건 폭력이지. 그냥 드러누울 때도 있는데, 그건 평화주의라고 한다. 너희 둘이 휴대폰으로 했던 일은 효과가 있었지만, 그건 계략이었어. 그리고 오늘처럼 때로는 네가 위협에 맞서야 해. 그건 두려움이야. 하지만 다른 선택도 있을 거다."

"어떤 거요? 아저씬 제 머릴 혼란스럽게만 해요."

콜은 분노가 강해지는 걸 느꼈다.

가비가 팔을 뻗어 콜의 가슴을 톡 쳤다.

"언젠가는 마음으로 싸우도록 해 봐."

콜이 가비의 손을 밀쳤다.

"뭐라고요? 키스에게 꽃을 보내라고 하시죠? 키스를 하던가요?"

가비가 윙크를 했다.

"이해하게 될 거다."

가비가 말했다.

"말이야 쉽죠!"

콜이 외쳤다. 가비의 얼굴에서 잘 난 척하는 표정이 사라지도록 한 대 치면 좋겠다고 생각하며, 주먹을 꽉 움켜쥐었다.

"아저씬 저보다 더 좋은 대답이 없어요! 그럼 아저씨가 해 보시던가……."

어머니가 콜의 팔을 잡았다.

"이제 그만 가자."

어머니가 콜을 강제로 차 쪽으로 잡아당겼다.

콜이 밀어냈다.

"알았어요."

콜이 마지못해 대답하며 분노를 떨쳐내려고 애썼다. 살짝 뒤를 돌아보니, 가비의 눈에 실망의 빛이 보였다.

아버지와의 떨리는 만남

다음날은 일요일로, 피터는 콜과 시간을 보내도 된다고 어머니가 허락할 거라 확신했다.

"왜 그래? 트럭에 부딪힌 거야?"

피터가 콜의 부푼 입술과 부어오른 눈을 보고 외쳤다.

콜은 어떤 일이 있었는지 모두 설명했다.

"날 죽이라고 말했을 때 그 애들 눈빛이 어땠는지 너도 봤어야 했는데."

"걔들이 널 죽였으면 어떡해?"

피터가 물었다.

"걔들이 교도소에 갔겠지."

"그건 너한테 썩 도움이 안 되잖아."

"걔들은 절대 날 죽이지 못해"

"그건 모르는 거잖아."

피터가 씩씩거렸다.

"이젠 너도 가비 아저씨처럼 말하는구나. 다들 내가 한 일을 비난하지만, 아무도 더 좋은 아이디어가 없어."

"가비 아저씨가 뭐라고 했는데?"

피터가 궁금해했다.

"나한테 키스에게 꽃을 보내고 키스하라더라."

콜이 비꼬듯이 툴툴거렸다.

"진짜? 그런 말을 했어?"

"정확히는 아니지만, 마음으로 싸워야 한다고 했어."

"그러니까 마음을 굳게 먹고 키스에게 마음을 다하라. 그럼 걔가 충격을 받을지도 모르겠네. 사방팔방 온 곳에 피가 튀기고, 네 심장이 땅바닥에서 뛰며 이리저리 튈 테니까. 그리고……."

피터가 씩 웃으며 말했다.

"알았어! 알았다고! 야, 피터. 어제 쇼핑몰 앞에 앉아서 내가 보이지 않게 했어."

콜이 피터의 말을 자르며 끼어들었다.

"섬에서처럼?"

콜이 고개를 끄덕였다.

"이따금 나타났다가 사라지는 스피릿베어를 봤던 거 기억나지? 그러니까 어제 눈을 떴더니 주차장 건너편에서 할아버지가 날 뚫어지라 쳐다보고 있더라. 내가 아주 잠깐 아래를 내려다보았다가 시선을 돌렸는데 할아버지가 사라져 버렸어."

"거참 이상하네. 나도 그 할아버지를 생각하고 있었거든. 할아버지가 새긴 조각이 아직 완성되지도 않았는데 진짜처럼 보이잖아. 할아버지가 어디서 조각을 배웠는지 궁금해."

피터가 말했다.

"나도 그 할아버지한테 궁금한 게 많아."

"그나저나 오늘은 어디 가서 보이지 않게 해 볼까?"

피터가 물었다.

콜이 상념에 잠겨 거리를 내려다보았다.

"그냥 재미로, 또다시 진짜 시끄러운 곳에서 해 보자. 가령 공원 같은 곳."

"그럴싸하다."

피터가 동의하며 신이 나서 걸음을 뗐다.

콜은 걸어가면서 친구를 눈여겨 살펴보았다. 키스에게 뺨을 맞고 발길질을 당했던 일로 우울해 할 수도 있었는데, 피터는 그럭저럭 잘 버텨내고 있었다.

공원에 도착한 그들은 키 큰 북미산 소나무 아래 편안한 잔디밭을 골라 앉았다. 가까이에서 십대들이 큰 소리로 웃고 소리치면서, 프리스비(공중에 던지며 노는 플라스틱 원반)를 던지고 있었다. 부모들은 자신의 아이들을 불러 댔다. 어떤 아기가 쉼 없이 울고 있었고, 개 두 마리가 짖어 대며 서로 쫓고 쫓기고 있었다.

"저 소리들이 들리지 않게 우리 마음속 조용한 곳으로 더 깊이 들어가야 해."

콜이 말했다.

"그래."

피터가 믿지 못하겠다는 듯 대꾸하며 눈을 감았다.

콜도 눈을 감으며 깊이 심호흡을 했다.

처음에 온갖 상념들이 무차별적으로 폭격해 와서, 콜은 섬 해안가에 서 있는 스피릿베어를 상상하며 집중했다. 빗방울 하나가 하얀 털 위에 내려앉더니 커다란 스피릿베어의 옆구리를 따라서 느릿느릿 굴러가다가 마침내 땅 위로 똑 떨어지는 모습을 그려 보았다.

콜은 그곳에서 생각을 끝내려다가, 곧이어 다시 숨을 들이마시고는 땅속으로 스며들며 나무뿌리를 적시는 물방울을 따라갔다. 나무는 천천히 습기를 빨아들여, 나뭇가지와 나뭇잎들에 닿을 때까지 줄기를 따라 습기를 올려보냈다. 바람이 부드럽게 습기를 흡수해 또 다른 구름이 만들어지도록 하늘로 옮겼다. 곧이어 하늘에서 또 다른 빗방울이 떨어지더니 스피릿베어에게 내려앉았다.

하나의 원, 거대한 순환이 또 완성되었다.

콜은 천천히 눈을 뜨고 공원을 둘러보았다. 또다시 늙은 노숙인을 보게 되리라고 반쯤 기대했다. 소음과 소란만이 눈에 들어왔지만 마음은 평온했다.

피터는 벌써 눈을 뜨고 있었다.

"너 한참 동안 사라진 것 같았어. 뭘 생각하고 있었니?"

"스피릿베어에게 떨어지는 빗방울. 넌?"

콜이 이렇게 대답하고는 물었다.

피터가 어깨를 으쓱였다.

"개들이 짖어 대고 아기가 계속 울어 대는 바람에 아무것도 생각할 수 없었어. 개들이 아기에게 가서 짖어 대길 바랐다니까."

두 주째가 되자 상황은 더 악화되었다. 학교는 마치 정신병원 같았다. 혼잡한 계단과 컴컴한 좁은 복도에서 아이들은 사물함을 쾅 소리 나게 닫고, 서로에게 고함치며, 밀치고 발을 걸었다. 여느 때처럼 교사들은 다른 애들을 놀려 대고 괴롭히는 아이들을 못 본 척했다.

키스와 패거리는 복도에서 콜을 지나쳐 가며 일부러 허리에 한쪽 팔을 바싹 끌어당겨 콜의 다친 오른팔을 흉내 냈다. 알렉스는 콜의 어깨에 세게 부딪쳐 넘어뜨리고는 우연인 척 굴었다.

자습실에서, 키스가 콜의 테이블로 다가왔다.

"야, 똥 덩이! 널 좀 밀었다고 날 고소할 것까진 없잖아. 멍청한 녀석."

키스가 나지막이 으르렁거렸다.

콜은 셔츠를 올려 갈비뼈에 생긴 커다란 멍 자국을 보여주었다.

"이게 살짝 민 거라고?"

"우리 엄마 아빠가 엄청 화를 냈어. 고소를 취하하지 않으면 맹세하는데 내가 널……."

"안 그러면 어쩔 건데? 날 죽이게?"

콜이 싹둑 말을 잘랐다.

떠나면서 키스가 콜의 의자를 세게 밀었다.

학교에서 콜과 피터만이 왕따를 당하는 것은 아니었다. 수요일에는 몇몇 풋볼 선수들이 다운증후군 학생 앞에서 혀 짧은 소리를 내며 놀려 댔다. 또한 등교 첫날 괴롭힘을 당했던 비쩍 마른 여자애를 따라다니는 네 명의 여자애들도 목격했다. 여자애들이 움직일 때마다 흉내를 내자 마른 애의 눈에 두려움이 서렸다.

콜의 마음을 계속 짓누르는 다른 일도 있었다. 마침내 콜은 그 일로 모종의 행동을 취해야 했다. 목요일, 방과 후에 피터와 만났을 때 콜이 핑계를 댔다.

"혼자 가야 할 곳이 있어."

"옆에서 가만히 있으면 안 돼?"

"아빠를 만나러 가려고."

"진짜?"

콜이 고개를 끄덕였다.

"네가 오는 거 아셔?"

콜은 머리를 절레절레 흔들었다.

"나중에 어떻게 됐는지 말해 줄게."

피터가 손을 흔들어 인사하자, 콜은 곧바로 아버지 사무실이 있는 시내로 가는 버스를 탔다.

"어, 안녕. 오랜만이구나. 아버지께서 약속이 없는지 확인해 볼게."

비서가 반갑게 콜을 맞이했다.

"손님이 없다면, 아빠를 깜짝 놀라게 해 주고 싶어요."

비서가 망설이다가, 콜에게 닫힌 문 쪽을 가리켰다.

"그래, 들어가 봐."

콜은 두려워서 거의 발길을 돌릴 뻔했다. 조심스럽게 노크하고는, 손잡이를 돌려서 안으로 머리를 들이밀 수 있을 만큼 살짝 문을 열었다. 정장에 넥타이를 맨 아버지는 큼지막한 책상 뒤에 앉아 있었다. 처음에 아버지는 고개를 들어 쳐다보지도 않았다. 머리를 들었을 때 아버지의 눈에는 놀라움과 적개심이 어려 있었다.

"여기는 무슨 일이냐?"

아버지가 물었다.

콜은 안으로 들어가서 등 뒤로 문을 닫았다.

"그냥 아빠 보러 왔어요."

아버지가 의자 깊숙이 앉았다.

"나한테 원하는 게 뭐냐?"

"없어요, 아빠. 그냥 아빠가 어떻게 지내시는지 알고 싶었어요. 작년부터 아빨 못 봤잖아요."

"내가 어떻게 지내길 기대했는데? 네 엄마가 가혹 행위를 당했다며 네 양육권을 가져갔어. 내게 사회봉사 명령이 떨어지고, 이혼 비용은 엄청 들고, 사업은 예전의 절반으로 떨어졌고."

"그것들이 아빠에게 가장 중요해요? 돈과 평판이요?"

콜이 물었다.

"또 뭐가 있는데? 벌써 몇 년 전에 널 포기한 마당에."

콜은 뭐라고 대꾸해야 할지 확신이 안 섰다. 아버지 말을 듣고 있으니까, 자신을 향해 화물 열차가 달려오는 철로에 서 있는 것 같았다.

"아빠, 이건 다른 사람의 돈이나 평판이 아니라 아빠와 저에 대한 거예요. 우리 가족에 대한 거요."

"네가 아직 모르나 본데, 너 때문에 우리에겐 가족이 없어."

콜의 목소리가 떨렸다.

"아빠, 전 진짜 멍청이였지만, 올바르게 행동하려고 노력하고 있어요."

"그거라면 너무 늦었다. 너와 네 엄마가 이미 내 인생을 엉망으로 만들었어."

"아빠가 술 마시고 폭력을 썼기 때문에 엄마가 고소한 거예요. 아빠가 먼저 절 진짜 세게 때렸고요."

"넌 벌 받을 만했어."

"술을 마시고 피가 날 때까지 사람을 때리는 건 벌이 아니에요."

콜이 힘주어 말했다.

"목소리 낮춰. 그래서 진짜 여기 온 이유가 뭐냐?"

아버지가 문 쪽을 흘끗거리며 물었다.

콜은 눈물바다를 일으키려고 위협하는 감정의 파도를 애써 삼켰다.

"아빠, 제가 섬에 있는 동안 편지 한 통 안 쓰셨어요."

"그래 봤자 전혀 소용없었을 거다."

"아빤 모르시잖아요! 섬에서 보낸 시간은 절 변화시켰어요. 그 점은 절 믿으셔야 해요. 우린 모두 실수를 하는데, 지금 상황은 달라요."

아버지가 벌떡 일어나 콜 위로 우뚝 섰다. 아버지의 목소리는 냉정했다.

"네 그 우둔한 뇌리를 뚫고 무언가를 깨달았다고? 단 일 초도 네 행동은 못 믿어. 넌 변하지 않아. 절대 날 속이지 못해. 내 사무실에 침입해서 말썽이나 일으키려는 너 따윈 필요 없다. 지금 바쁘고 해야 할 일도 많으니까, 더 할 말이 없으면 그만 가라."

아버지가 문을 가리켰다.

콜은 걸어가다가, 곧 뒤를 돌아보았다.

"아빠, 한 가지만 더요."

아버지가 지친 기색으로 의자에 앉았다.

"이번엔 뭔데?"

"엄마가 술을 끊고 잘 해나가고 있어요."

"아주 기쁘구나."

아버지가 몹시 비아냥거리며 어질러진 책상에서 챙겨 든 서류 몇 장을 살펴보았다.

"다른 말은?"

"아, 아빠가 보고 싶었어요."

콜의 눈에서 눈물이 솟구쳤다.

아버지는 고개를 들어 쳐다보지도 않았다.

콜은 아버지에게 우는 모습을 보이고 싶지 않아서 후닥닥 사무실에서 나와 거리로 달려갔다. 밝은 햇빛 때문에 연거푸 눈을 깜박거렸다. 여기에 오다니 정말 바보 같았다. 무얼 기대했던 걸까? 아버지가 자신을 끌어안고 사랑한다며 보고 싶었다고 말하길 기대했던 걸까?

순간 콜은 마음이 허했다.

"바보! 진짜 바보 같으니!"

콜은 집으로 데려다줄 버스를 기다리며 중얼중얼 혼잣말을 했다.

금요일의 사고

금요일, 학교에 일찍 갔는데 아직 문이 잠겨 있었다. 콜은 초라한 불도그 조각 근처에 서서 몰래 담배를 피우는 대여섯 명의 학생들과 멀찍이 떨어져서, 계단 근처에서 어슬렁거렸다.

보도에서 덜거덕거리며 달려오는 스케이트보드 소리가 들려서 콜은 뒤를 돌아보았다. 눈을 가늘게 뜨고 눈부신 아침 햇살을 바라다보았다. 학교 운동장에서 스케이트보드를 타면 안 되지만 강력히 그런 규칙을 지켜야 한다고 주장하는 이는 아무도 없었다. 스케이트보드를 타는 애가 약 11미터쯤 다가왔을 때, 콜은 키스인 걸 알아챘다.

바로 그 순간 키스도 콜을 발견했다. 더 빨리 발을 구르고 더 요란하게 웃으며, 키스가 방향을 바꾸어 곧장 콜을 조준했다. 마지막 순간, 콜은 옆으로 뛰었다. 키스도 보도에서 벗어났지만, 스케이트보드 바퀴가 보도의 갈라진 틈에 걸리는 바람에 키스는 둔탁한 소리를 내며 계단에 머리부터 떨어졌다.

키스가 얼굴을 부여잡고 계단 위에서 뒹굴자 불도그 동상 근처에 서 있던 학생들이 웃어 댔다. 코와 입에서 피가 쏟아졌다. 부러진 이와 찢긴 피부가 보였다. 키스가 보도 위로 내려와서는, 그대로 쓰러지더니 기침을 하고 흐르는 피를 막으며 뒹굴었다.

콜은 머뭇거리다가, 키스 옆으로 달려갔다. 무릎을 꿇고서 키스가 질식하지 않게 머리를 젖혔다. 학생들이 주위로 몰려들었고, 어느새 웃음소리가 멈추었다.

"다쳤어. 도와줘!"

콜이 외쳤다.

두어 명의 학생들이 학교로 뛰어갔다.

"911에 전화해."

콜이 큰 소리로 말했다.

콜이 키스를 꼭 잡고 있어서 어떤 여자애가 휴대폰을 꺼내 전화했다. 키스는 눈을 뜨고 흘끗 올려다보다가 콜과 시선이 마주쳤다. 그러자 다시 눈을 감고 고통에 겨워 얼굴을 찡그렸다. 입과 코에서 계속 피가 흘러나왔다.

"괜찮을 거야. 괜찮을 거야."

더 많은 학생들이 모여들며 멍하니 바라보기만 하자 콜이 거듭해서 안심시켰다. 그러면서 스피릿베어에게 거칠게 취급당했던 때를 떠올렸다. 콜은 무기력해지는 기분을 알았다. 키스가 죽으면 어떻게 하나? 기분이 묘해서, 잠깐 동안 꼼짝도 못 할 것 같았다.

사이렌 소리가 들려올 즈음 드디어 몇몇 교사들이 잔디밭을 가로질러 부리나케 달려왔다. 빨갛고 하얀 구급차가 불빛을 번쩍이며 시야에 들어오더니 보도로 굴러왔다. 두 명의 구급대원이 차에서 뛰어나와 키스 옆으로 달려왔다. 구급대원 한 명이 키스의 눈을 살펴보고 피범벅이 된 입안을 들여다보는 동안 다른 구급대원이 키스의 혈압을 쟀다.

"이제 내가 이 애의 머리를 받치마."

구급대원이 이렇게 말하며 콜에게 일어서서 뒤로 물러나라고 지시했다. 그들은 키스 목에 커다란 목 받침을 대고 척추 교정판에 키스를 묶었다. 그러고는 조심스럽게 들어 올려 대기하고 있는 구급차에 실었다.

피범벅이 되어, 콜은 떠나는 구급차를 지켜보았다. 교장 비서가 다가왔다.

"괜찮니?"

콜은 고개를 끄덕였다.

"도와줘서 고맙구나. 집에 가서 씻어야겠다. 네가 돌아올 때까지 수업 출석을 면제해 줄게."

콜이 집에 갔을 때, 어머니는 아직 출근 전이었다. 어머니는 침실에서 나오다가 콜과 피로 물든 셔츠를 보았다.

"세상에! 키스가 또 이렇게 했니?"
어머니가 울부짖었다.
"키스가 자기 스케이트보드를 망가뜨렸어요."
"넌 어디 안 다쳤어?"
"이건 다 그 아이 피예요. 제가 도와주었거든요. 구급차가 올 때까지 그 애 머리를 잡고 있었어요."
"네가 그 앨 도와줬다고?"
"누군가는 해야 했어요."

온종일 키스의 사고에 대한 소문이 퍼졌다. 콜이 학교로 돌아갔을 때 아이들이 어떤 일이 일어났는지 연달아 물었다.
"걔가 멈출 수 없었나 봐."
콜이 되풀이했다.
"네가 그 앨 떨어지게 했지?"
한 학생이 물었다.
"아니."
콜은 단호히 대꾸하고는, 두려움에 떨던 키스의 눈이 떠올라서 괴로웠다. 이 사고로 키스가 자신이 얼마나 바보 같았는지 깨닫게 될까.
마침내 학교가 파했을 때, 콜은 교장실에 들러 키스에 관해 물었다.
"키스는 병원에 입원했어."

비서가 대답해 주었다.

"주 경계 근처에 있는 병원이요?"

비서가 고개를 끄덕거리며 눈썹을 치켜올렸다.

"고맙습니다."

정문으로 나가던 피터가 콜을 보고 쫓아왔다.

"어디 가니?"

피터가 물었다.

콜은 설명할 기분이 아니었지만, 피터의 마음을 해치고 싶지 않았다.

"키스 상태가 어떤지 보러 병원에 가는 중이야."

피터가 이마에 주름을 지으며 당혹스런 표정을 지었다.

"왜 그러는데? 걔가 널 치려고 했잖아."

피터가 물었다.

"그냥 괜찮은지 보려는 거야."

"너 미쳤구나. 난 차라리 그 애가 머리를 다쳤으면 좋겠다! 함께 가 줘?"

피터가 제안했다.

콜은 주저하다가 이내 고개를 끄덕였다.

"좋아."

"그러고 나서 어디든 가서 또 보이지 않게 해 보자."

피터가 말했다.

고개를 끄덕이면서도 콜은 골똘히 생각에 잠겼다. 병원은 학교에서 거의 1.6킬로미터쯤 떨어져 있었고, 콜은 키스를 만날 수 있을지 의심스러웠다. 그러면서도 왜 그곳에 가려는지 이유가 확실하지 않았다.

병원에 도착해서 콜은 키스의 입원실이 어디인지 간호사에게 물었다.

"가족이니?"

간호사가 물었다.

콜은 머리를 살짝 흔들었다.

"그냥 친구예요."

피터가 콜에게 눈살을 찌푸렸다.

"친구? 차라리 악담을 해."

피터가 속삭였다.

간호사가 복도 아래를 가리켰다.

"314호야. 상태가 안 좋아서 가족이 함께 있어."

콜은 키스의 입원실 바깥에서 망설였다. 거리에서 패거리들과 함께 있는 키스보다 침대에 누워 있는 키스를 마주하기가 더 겁이 났다. 어쩌면 오지 말았어야 했다. 콜은 심호흡을 하고, 안으로 들어갔다.

키스 부모님이 침대 옆에 서 있었다. 콜과 피터가 안으로 들어가자, 그들이 몸을 돌려 둘을 반갑게 맞이했다.

"이렇게 와 줘서 고맙구나."

키스 어머니가 말했다.

키스는 거즈로 얼굴을 둘둘 감싼 미라처럼 보였다. 눈만 보였다. 빨대 하나가 거즈를 뚫고 입 밖으로 튀어나와 있었다. 두 구멍 덕분에 키스는 코로 숨을 쉴 수 있었다. 침대 옆에는 정맥주사액 봉지가 매달려 있었다. 주사액이 키스의 팔로 들어갔다. 키스는 완전히 무기력했고, 말을 하거나 움직이지도 못했다. 다가오는 콜을 보자 키스의 눈에 두려움의 빛이 떠올랐다. 도움을 구하려고 다급하게 병실 이리저리로 시선을 보냈다.

콜이 더듬더듬 말을 꺼냈다.

"난 그냥 네가 어떤지 보러 왔어."

잠깐 동안 물끄러미 바라보다가, 마침내 키스가 옆으로 손을 뻗어 메모장과 연필을 집어 들었다. 삐뚤빼뚤 메시지를 써서 콜에게 건넸다. '왜 여기 왔니?'라는 말이었다.

"네가 어떤지 보려고."

콜이 잠깐 틈을 두었다가 이어 말했다.

"네가 다치지 않았으면 좋겠어."

키스가 또 다른 말을 끼적여서는 콜에게 건넸다. 메모장에는 '도와줘서 고마워.'라고 쓰여 있었다.

"뭐 대단한 일도 아닌데. 넌 숨을 못 쉬고 피를 흘리고 있었잖아. 아무도 도와주려고 안 했고."

콜이 우물거렸다.

키스가 이상하다는 듯 빤히 쳐다보았다. 키스 부모님이 콜을 쳐다보고 있었다.

"야, 우리 그만 갈게. 그냥 네가 어떤지 보러 왔어. 몸조리 잘해."

콜이 키스에게 말했다.

"그으래, 모오오옴 조심해."

피터가 거들었다.

콜과 피터가 돌아서서 떠나려고 할 때, 키스 아버지가 그들을 멈춰 세웠다.

"와 줘서 고맙구나. 난 키스 아빠야."

키스 아버지가 손을 내밀며 물었다.

"그런데 이름이 뭐니?"

콜이 악수했다.

"전 콜이에요. 앤 피터고요."

키스 아버지가 눈살을 찌푸렸다.

"설마 콜 매슈스는 아니지? 내 아들을 폭행죄로 고소한 그 애?"

"키스는 정말 무지막지하게 절 때렸어요."

콜이 이렇게 말하고 자신의 검은 눈과 부푼 뺨을 가리켰다. 그러고는 셔츠를 올려 멍이 든 상처를 보여주었다.

키스 아버지가 놀라서 멈칫 숨을 헐떡였다.

"그런데 오늘 왜 여기 왔니?"

콜이 망설였다.

"정확히 확신할 수는 없지만, 전 키스가 다치지 않길 바랐어요. 이제 그만 가 볼게요."

"그게 정말 이상해. 진짜 진짜 이상해. 너 왜 그랬니?"

엘리베이터를 타고 로비로 내려가면서 피터가 말했다.

콜은 대답하지 않았다.

"야, 콜. 정신 차려."

콜은 병원 밖으로 나와 보도에서 걸음을 멈추고 피터를 마주 보았다.

"오늘밤 엄마가 집에 돌아오시면, 키스에 대한 고소를 취하하러 갈 거야."

피터가 못마땅한 표정을 지었다.

"정말 너 제정신이 아니구나. 처음에는 병원으로 키스를 문병 가더니 이제는 고소를 취하하겠다고? 이보세요! 그 앤 널 마구 패고 스케이트보드로 치려고 한 멍청이야. 콧물이 쏙 빠지도록 혼내 줘야 해."

"난 지금도 걔랑 싸우고 있어."

콜이 그 말을 하고는 무언가를 깨달았다는 듯이 대꾸했다.

"병문안을 가고 고소를 취하하는 거로?"

콜이 머리를 끄덕였다.

"난 마음으로 싸우고 있어."

피터가 손가락으로 콜의 가슴을 세게 찔렀다.

"너 진짜 이상해."

피터의 마음을 다치게 하지 않으면서 콜은 조용히 있고 싶었다. 콜이 주차장 끄트머리에 있는 야트막한 언덕을 가리켰다.

"저 언덕에 앉아서 보이지 않게 해 보자."

"좋아."

곧이어 두 소년은 풀이 무성한 언덕에 앉아서, 가만히 눈을 감았다. 이번에 콜은 단순히 마음을 비우는 데 집중했다. 자신이 고리에 매달아 놓은 물이 새는 큰 양동이인 양 여기며, 양동이에서 물방울이 떨어질 때마다 점점 자신을 비워 나갔다. 물은 서서히 느릿느릿 더 천천히 떨어져 내렸다. 드디어 양동이가 완전히 마르고 물이 하늘로 흘러갈 때까지 거의 한 시간 동안 콜은 새어 나가는 물을 상상했다. 양동이가 사라지자, 콜은 눈을 떴다.

울새 두 마리가 풀밭에서 벌레를 쪼아 먹고 있었다. 또 다른 존재가 느껴져서, 콜은 흘낏 올려다보았다가 숨을 죽였다. 채 6미터도 안 되는 곳에 그 노인이 어깨에 너덜너덜한 허연 담요를 두르고 서 있었다. 깡마른 몸에 헐렁한 바지를 입고 있었지만, 셔츠는 가지런히 바지 안에 여미고 바짓단은 말끔하게 접혀 있어서 땅에 끌리지 않았다. 노인은 그들과 카트 중간쯤에 있는 풀밭에 꼼짝 않고 서 있었다. 줄곧 그 자리에서 있었던 것처럼 눈빛이 편안했다.

콜은 손을 뻗어 피터의 팔을 톡 쳤다. 피터가 눈을 뜨고 깜빡이다가 노인을 발견했다. 피터는 일어서려다가 노인이 몸을 웅크리고 풀밭에 무언가를 내려놓자 그대로 멈추었다. 노인은 뒤도 돌아보지 않고, 뒷걸음치더니 카트를 밀고서 보도를 내려갔다.

피터는 벌떡 일어나 달려가서는 물건을 가져왔다.

"경찰에게 체포되었던 날 조각하고 있던 바로 그 곰인데, 이제야 완성했나 봐."

피터가 외쳤다.

콜은 곰 조각을 받아서 손안에 굴리며 엄지손가락으로 섬세한 몸을 더듬어 보았다.

"곧 숨을 쉴 듯 진짜처럼 보여. 왜 할아버지가 이걸 우리에게 줬을까?"

콜이 물었다.

"내가 조각한 곰을 드렸기 때문인지도 몰라. 아니면 그날 우리가 할아버지 카트를 돌려주었기 때문일지도."

피터가 대답했다.

"그래 어쩌면."

콜이 맞장구쳤다.

2부 스피릿베어, 바깥세상 속으로

폭격 맞은 학교

그날 저녁에, 콜은 어머니에게 키스에 대한 고소를 취하하고 싶다고 말했다.

"너 큰 실수하는 거야."

어머니가 다그쳤다.

"그렇게 하고 싶어요."

콜이 고집을 부렸다. 그러고는 키스에게 병문안 갔던 일을 설명했다.

"가비 아저씨가 마음으로 싸우기 위해 노력하라고 했던 말 기억하시죠?"

"이러는 게 확실히 아저씨의 뜻일까?"

콜은 아무것도 확신할 수 없었지만, 그렇게 하는 게 옳다고 여겼다. 콜이 고개를 끄덕였다.

"알았으니까, 가자. 자동차 키를 가져올게."

어머니가 말했다.

경찰서에서 콜이 설명하자, 경찰은 고소를 취하하지 말라고 설득했다.

"우린 사람들이 맞서 싸우길 바란다. 그게 깡패를 더 잘 이해하는 법이야."

경찰이 구슬렸다.

"전 제 방식대로 싸우고 있어요."

"겁나서 그만두려는 거잖아."

경찰이 다그쳤다.

고소하거나 주먹으로 맞서 싸웠던 것보다 키스의 병문안을 갔던 게 훨씬 더 큰 용기가 필요했다. 콜은 이 일을 어떻게 경찰에게 설명해야 할지 잘 몰랐다. 경찰서에서 걸어 나올 때 콜은 거대한 돌덩이를 어깨에서 내려놓은 기분이었다. 키스를 제압하지 않고 자신의 반응을 통제함으로써, 실제로 싸움에서 이겼다고 느낀 건 태어나서 처음이었다. 그건 바로 가비가 계속해서 말했던 방법이었다.

콜은 어머니와 함께 집으로 돌아오면서 골똘히 생각에 잠겼다. 두 사람이 싸울 때 누군가는 져야 한다고 늘 생각했다. 하지만 오늘은 낙오자가 없었다. 키스를 적으로 만드는 일보다 더한 무언가를 했다고 깨달았다. 키스의 자존심을 지켜줌으로써, 또한 자신의 자존심도 구했던 것이다.

일주일이 지나 키스는 여전히 뺨과 코에 붕대를 감고 학교에 돌아왔다. 콜은 복도에서 키스를 발견하고 다가갔다.

"몸은 어떠니?"

콜이 물었다.

키스가 불신의 눈빛을 보냈다.

"내가 어떻게 보이는 것 같은데?"

"야, 너 진짜 세게 부딪쳤었어. 괜찮니?"

콜이 거듭 안부를 물었다.

"말하기도 아프고 숨쉬기도 어려워. 그래서 넌 좋겠다."

"난 네가 아프길 바라지 않아."

콜이 대꾸했다.

키스는 자신의 감정과 싸우고 있었다.

"고소 취하해 줘서 고마워. 왜 그랬냐? 내가 쓰러졌을 때 왜 도와줬어? 병문안은 왜 와 주었고?"

콜이 어깨를 으쓱였다.

"너한테 내가 멍청이가 아니라는 걸 보여 주려고."

키스가 제 구두를 내려다보았다.

"내가 멍청이였어."

수업 종이 울렸다.

"얼른 가야겠다."

콜은 자신을 짓누르던 세상이 살짝 올라간 기분이었다.

콜은 몇 가지 일을 해결해서 기분이 좋았지만, 미니애폴리스 센트럴 고등학교는 여전히 두려움과 분노로 끓어오르고 있었다.

긴장은 고조되었고, 매일 아침 불도그 동상 받침대에 새로운 불량 패거리들의 상징이 붙여졌다. 많은 학생들이 학교에 오는 걸 두려워했다. 콜은 위험한 일이 터지는데 얼마나 걸릴지 궁금했다.

어이없게도 그 대답은 아주 빨리 나왔다.

주말 동안 학교가 완전히 폭격을 맞았다. 창문이 부서졌고 교문은 온갖 페인트칠로 범벅이 되었다.

월요일 방과 후에, 콜은 정문 근처에서 초조하게 피터를 기다리고 있었다. 학생들은 밀치락달치락 실랑이하고, 수다를 떨며 차를 기다렸다. 피터가 나타나지 않자 콜은 도로 학교 안으로 들어갔다. 교장실 안이 소란스러웠다. 피터의 부모님이 케네디 교장과 양호 교사와 함께 있었다. 다들 의자에 앉은 어떤 학생 주위에 모여 있었다. 콜은 안으로 달려갔다. 그곳에는 옷이 찢기고 얼굴은 멍 들어 퉁퉁하게 부풀어 오른 피터가 허리를 접은 채 앉아 있었다.

"왜 이래?"

콜이 외쳤다.

피터 아버지가 돌아서서 콜을 밀어냈다.

"우리 아들에게서 물러나."

피터가 도움을 받으며 일어나 절룩거리며 교장실에서 나갔다. 콜은 뒷걸음치며 계속해서 피터를 바라다보았다. 피터의 입술은 터지고 눈은 거의 감길 정도로 부어 있었다.

"무슨 일이에요?"

콜이 비서에게 물었다.

"화장실에서 공격을 당했어. 누군가 전등을 끄고 피터를 마구 때렸다는구나."

콜은 토할 것 같았다. 피터가 정말 열심히 노력해서 여기까지 왔는데, 이런 대접을 받아선 안 되었다. 콜은 책임감을 느꼈다. 구역질이 나서 부리나케 학교에서 나와 정처 없이 돌아다녔다. 지구를 떠나는 우주선을 타고서 영영 돌아오고 싶지 않았다.

마침내 집에 도착했을 때, 콜은 저녁을 거르고 어머니에게 기분이 안 좋다고 말했다. 마냥 천장을 올려다보며 침대에 누운 채 저녁 시간을 보냈다.

다음 날 아침 학교에서는, 피터가 폭행을 당했다는 사실이 한 학생이 약을 한 움큼 먹고 자살을 했다는 뉴스로 가려졌다. 그 애는 등교 첫날에 창녀라고 불렀던 여자애로 밝혀졌다. 식당에서 아이들에게 괴롭힘을 당하는 모습을 보았을 때 콜이 도와주었던 여자애였다. 그 애 어머니가 침대 옆에서 더는 놀림을 당하고 싶지 않다고 쓴 쪽지를 발견했다.

자살에 대한 소문은 도깨비불처럼 퍼져나갔다. 콜은 온몸이 마비된 것처럼 복도를 걷고 있었다. 맨 처음에는 파괴 행위, 이어서 피터에 대한 폭행, 그리고 이제는 자살이다! 콜의 눈에 눈물이 고였다. 미쳤다, 정말 미쳤다. 자살로 여자애가 죽은 것이 아니다. 그 애를 괴롭혔던 애들이 진짜 살인자다.

방과 후, 콜은 집으로 돌아가서 피터 집에 전화했다. 전화를 받지 않아서 콜은 가비에게 전화해 보았다. 전화벨이 울리고 또 울릴수록 콜은 휴대폰을 더 세게 쥐었다.

"받아요! 보호관찰자들은 응답기도 없어요?"

콜은 좌절감에 휩싸여 중얼거렸다. 막 전화를 끊으려는데 가비가 전화를 받았다.

"여보세요?"

"아저씨, 콜이에요. 피터가 맞았다는 말 들으셨어요?"

"아니, 무슨 일 있니?"

콜은 목소리를 떨지 않으려고 애썼다.

"누군가 화장실 불을 끄고 진짜 무지막지하게 피터를 때렸어요."

"지금 피터는 어떠니?"

"모르겠어요. 전화를 안 받아요. 피터 부모님이 제가 피터 가까이 가는 걸 막고 있어요. 그리고 어젯밤에 한 여자애가 자살을 시도했어요. 우리 학교가 미쳐가고 있어요."

"다 나쁜 일이구나. 넌 그걸 보고 뭘 할 거니?"

가비가 담담하게 물었다.

"교장선생님만이 유일하게 뭔가 하실 수 있는데 신경도 안 써요."

콜이 대답했다.

"네가 할 수 있는 일이 있을 거야."

"그게 쉽지 않아요. 전 손가락도 하나 까딱할 수 없는데 어떻게 학교를 바로 잡을 수 있겠어요."

콜이 항의했다.

"그게 쉬울 거라고 말했니? 땅을 갈아엎고 나서야, 바로 그때 씨를 뿌릴 수 있단다."

가비가 진심으로 말했다.

"여기서 왜 농사짓는 얘기가 나와요."

콜은 침착하게 목소리를 내려고 힘들게 싸웠다.

"완전히 멍청한 우리 학교에 문제가 생겼다는 거잖아요."

"그럼 바빠지겠네."

가비가 말했다.

"뭘 해야 하죠?"

"너 스스로 해결해야 할 일이 있을 거야."

"참 대단한 도움을 주시네요."

콜은 가비의 말을 싹둑 자르고, 쾅 소리 나게 전화를 끊었다.

낙담한 채, 콜은 학교 운동장으로 돌아갔다. 대부분 학생들이 떠났지만, 죽은 여자애 트리쉬 에드워즈를 위해 앞쪽 잔디밭에 세운 기념비 근처에 몇 명이 남아 있었다. 콜은 축구장을 빙 둘러 걸으며 야생화 한 다발을 모았다. 그러고는 **이제는 너를 놀리는 이가 아무도 없을 거야.** 라고 쓴 쪽지가 있는 사진 옆에 꽃다발을 놓았다. 방명록에 이름을 쓰는데, 눈에서 눈물이 치솟았다.

교장이 차를 타러 가고 있었다. 콜을 보자 교장이 다가왔다.

"피터와 트리쉬에게 일어난 일이 참 안타깝구나. 그 여자애를 아니?"

콜이 머리를 끄덕였다.

"조금요. 제 생각에 교장선생님께서 어떤 조치를 취하지 않으시면 이런 일은 또 일어날 거예요!"

케네디 교장이 입술에 주먹을 대고 눈을 깜빡이며 애써 눈물을 참고 있었다.

"트리쉬를 다시 데려올 순 없지만 무언가를 하고 있어."

떨리는 목소리로 교장이 이어 말했다.

"내 직업, 학부모, 교사와 장학사 그리고 교육 위원들을 기쁘게 하는 거나 걱정하고 있었다니. 언제나 학생들을 가장 먼저 걱정해야 하는데 말이다."

"뭘 하고 계시는데요?"

"내일 보자."

콜은 걸어가는 교장을 바라보았다. 교장은 피곤해 보였지만, 전에는 미처 콜이 알아차리지 못했던 확고한 태도로 걷고 있었다.

다음 날 아침, 첫 시간에 조회가 열렸다. 경찰들이 세워 놓은 금속 탐지기가 두 출입구 안에 설치되었고, 무언가 일어나고 있었다.

체육관으로 가는 길에, 콜은 피터를 발견했다. 피터는 걸으면서 부들부들 떨고 힐끔힐끔 두리번거렸다.

"괜찮아?"

콜이 학교에 돌아온 피터를 보고 깜짝 놀라서 물었다.

"아니. 다시는 아무도 나를 놀리지 못하게 섬으로 돌아가고 싶어."

콜을 쳐다보지도 않고 대답했다.

"나도 그랬으면 좋겠어."

콜이 말했다. 그들이 체육관으로 들어가자 관중석을 순찰하는 여섯 명의 경찰이 보였다. 평소라면 학생들이 고함치든, 서로 밀고 당기든, 때리든 싹 무시했던 교사들이 제멋대로 행동하는 애들에게 주의를 주고 있었다.

"이게 뭐예요? 마약 단속해요?"

한 학생이 외쳤다.

케네디 교장이 마이크 앞으로 걸어 나왔다. 처음에는 학생들을 진정시키려는 노력조차 안 했다. 그저 가만히 서서 무질

서한 상황을 쳐다만 보았다. 마침내 교장이 마이크를 톡톡 치고는 외쳤다.

"여러분 잘 들으세요!"

"닥쳐, 늙은 마녀야!"

콜 뒤의 남학생이 소리쳤다.

여기저기서 웃음소리가 들렸다.

한 교사가 학생에게 관중석에서 내려오라고 손짓했다.

"당신이나 꺼져!"

그 남학생이 체육관 건너편에서 들릴 정도로 큰 소리로 쏘아댔다.

곧바로 경찰이 다가와서는 수갑에 손을 댔다.

"당장 내려가, 안 내려가면 체포하겠다!"

경찰이 외쳤다.

그 애가 화들짝 놀라며 내려갔다. 무섭지 않다는 걸 증명하기 위해 체육관에서 끌려나가면서도 손가락으로 브이 표시를 하며 씩 웃었다. 아마 저 애는 바지에 오줌을 지렸을 것이다.

"자, 지금 나가고 싶은 학생 있나요?"

교장이 물었다.

불편한 정적이 체육관에 내려앉았다. 교장이 계속 이어 말했다.

"이번 주 우리 학교에서는 학생 폭행과 중대한 파괴 행위, 그리고 한 학생의 자살 사건이 일어났습니다."

교장이 연설을 멈추고 다른 학생의 머리카락을 움켜쥐고 있는 한 여학생을 가리켰다. 경찰이 걸어 와서 그 여자애도 데려갔다.

"여러분이 방금 목격한 행동은 폭력입니다. 그리고 저 여학생은 고소당할 거예요. 여러분이 시내에서 낯선 사람을 밀거나, 발로 차거나 때린다면, 폭행죄를 범하는 겁니다. 여러분이 학교에 있다고 법의 적용을 안 받는 건 아니에요. 누군가가 '난 살짝 찔렀을 뿐이에요.'라는 소리는 듣고 싶지 않아요. 살짝이든 심하게든 누군가를 찌른다면 어느 쪽이든 여러분이 그 사람을 찌른 것이기 때문입니다."

교장이 입을 다물었다가 곧바로 말을 이었다.

"여러분이 들었던 가장 큰 거짓말은 막대기와 돌이 여러분의 뼈를 부러뜨릴 수 있지만 말은 절대 해치지 못할 거라는 말입니다. 이번 주에 말이 여러분 친구 한 명을 죽였습니다. 말은 무기가 될 수 있습니다. 오늘은 이렇게 시작합시다. 어떤 학생도 상대의 자존심을 손상시키거나, 위협하거나, 상처를 입히던가, 최소한의 두려움이나 위협을 일으키는 식으로 다른 학생에게 말을 하거나 건드리면 안 됩니다. 그렇게 한다면, 여러분은 폭행죄를 짓게 됩니다. 오늘부터 이 학교는 무관용 정책(사소한 위반 행위에도 벌칙을 적용하는 방침)을 시행합니다. 무관용은 무관용입니다!"

"히틀러 씨, 언론 자유는 어떡하고요?"

관중석 중간쯤에 앉은 한 학생이 소리쳤다.

그 애가 끌려나가자, 교장이 손을 들었다.

"언론 자유에 관해 얘기해 볼까요? 미국 헌법은, 여러분의 믿음과 달리, 편파적인 증오 연설을 허용하지 않습니다. 언론 자유는 책임 연설의 자유를 말합니다."

콜은 관중석을 건너다보았다. 대부분의 아이들이 귀 기울이고 있었지만, 몇몇은 계속 하품을 하고 수다를 떨거나, 다른 애들을 괴롭히고 있었다.

교장이 학생들을 찬찬히 훑었다.

"아마도 여러분은 경찰이 왜 있나 의아할 겁니다. 그분들은 여러분 개개인에게 누구도 법 위에 군림할 수 없다는 점을 상기시키기 위해 여기 오셨습니다. 여러분의 행동이 차츰 개선된다면, 더 적은 수의 경찰분들이 남게 될 겁니다. 저는 여러분의 성숙함과 책임감이 저분들을 곧 이곳에서 나갈 수 있게 하길 바랍니다.

또한 지금부터 이 학교는 복장 규정이 있습니다. 지금 가이드라인이 복도에 게시되었습니다. 타인을 협박하는 몸짓, 색깔이나 상징들의 사용을 더는 용납하지 않습니다. 내일, 이 규정을 따르지 않는다면 어떤 학생도 학교에 들어올 수 없을 겁니다.

학생 여러분, 교육은 여러분 주머니 안의 돈입니다. 누군가 여러분의 주머니에서 돈을 강탈하도록 두는 건, 여러분의 돈을 훔쳐가도록 허락하는 것입니다. 자, 질문이 없다면 동쪽 구역부터 시작해서 한 번에 한 구역씩 나가도록 합시다. 자기 구역이 불릴 때까지 일어나지 마십시오."

교장이 생각에 잠겨 안경을 벗고는, 다시 마이크 앞으로 한 발짝 다가갔다.

"학생 여러분, 더 많은 경찰을 고용하느냐 또는 더 많은 규정을 채택하느냐는 여기서 일어나는 일의 해결책이 아닙니다. 여러분 각자가 이번 주의 무모한 비극을 막기 위해 어떤 일을 할 수 있는지 자문해 보길 권합니다. 그것들을 방지하기 위해 어떻게 도움을 줄 수 있을까요? 저를 포함하여 우리 모두에게 책임이 있습니다. 우리가 변하지 않으면 아무것도 변하지 않을 겁니다."

콜은 체육관에서 나오며 이런 문제에 대처하기에, 이 모든 것이 너무 사소하고 너무 느리다고 곱씹었다. 아무도 거울을 들여다보지 않을 것이다. 아무것도 변하지 않을 터다. 이 모든 일이 발생하기 전에 교사들은 무엇을 했나? 누군가가 무엇이든 해야 했을까?

모두 운동장에 모이다

콜은 낮에 피터와 얘기를 나눌 수 없었지만, 방과 후 친구를 따라가서 꼭 껴안았다.

"누가 널 때렸니?"

콜이 물었다.

피터가 머리를 설레설레 내저었다.

"그으으게 중요한 게 아니야."

"너랑 나 얘기 좀 하자."

콜이 제안했다.

학교 운동장에서 멀리 떨어지자 피터가 어깨를 으쓱였다. 아무도 먼저 말을 꺼내지 않았던 몇 분은 너무나도 길었다. 피터는 계속 머리를 숙이고 있다가 마침내 우물우물 입을 열었다.

"네가 했던 대로 했어. 놀림을 당할 때마다, 깡패들에게 날 건드리면 누구든지 일러바치겠다고 말했어. 내애애가 화장실에 갈 때까지는 효과가 있었어. 그런데 누군가 불을 껐어. 그러더니 한 패거리들이 날 때리고 발로 찼어."

"키스랑 그 애 친구들이니?"

"몰라. 깜깜한 데다 걔들은 날 때리면서 한마디도 안 했어. 네가 도와준 키스가 거기에 있었다면 난 정말 화가 날 거야."

콜이 피터 말에 동의했다.

"나도 그래. 지금은 괜찮니?"

"아니, 안 괜찮아."

피터가 눈물을 터뜨렸다.

"나 무서워. 모든 게 엉망진창이야. 계속해서 악몽을 꾸고 제대로 생각할 수도 없어. 엄마 아빠 만날 날 다그치기나 하고, 애들이 날 놀려 대는 걸 그만두지 않을 거야."

콜은 화가 나서 땅바닥의 솔방울을 걷어찼다.

"모든 학생들이 원형 평결 심사를 경험하면 좋겠어."

"다들 학교 축구장에 한 줄로 빙 둘러서서 서로 손도 잡게 하고."

피터가 맞장구쳤다.

콜이 갑자기 걸음을 멈추고 친구를 빤히 쳐다보았다.

"왜 그래?"

"전교 학생들이 축구장에 모이면 어떨까? 깃털 대신, 확성기를 돌리고. 그게 모두가 들을 수 있는 유일한 방법이잖아."

콜이 말했다.

"대부분 애들이 다른 애들 손을 잡으려고도 안 할 테니까 효과가 없을걸."

콜이 다시 생각에 잠겼다.

"원 모양으로 서 있는 걸 미쳤다고 생각하는 애들도 있을 테고. 하지만 원하지 않는 애들은 원형 평결 심사에 참여하지 않아도 돼."

"그런 애들은 대신 자습실에 앉아 있으라고 하면 될 테고. 그런데 그게 진짜 효과가 있을 것 같지 않니?"

피터가 올려다보며 물었다.

"시도하지 않으면 절대 알 수가 없어. 내일 아침, 학교에서 좀 일찍 만나서 교장선생님께 말씀드려 보자."

"그 아아이이디어를 교장선생님께 말하겠다고? 난 말하는 것도 잘하지 못해."

피터가 의기소침해서 말했다.

"내가 할게."

피터가 시계를 보았다.

"이이런, 제길. 가 봐야 해. 내가 아직 학교에서 돌아오지 않아서 엄마 아빠가 무척 걱정하고 계실 거야."

"두 분이 너한테 화를 내실까?"

콜이 물었다.

피터가 미소를 지었다.

"두 분한테 널 혼내주라고 꼭 말할게."
"하나도 안 웃겨."
콜이 핀잔했다.

계획대로, 다음 날 아침 콜과 피터는 삼십 분 일찍 학교에서 만나 곧바로 교장실로 갔다.
"무슨 일이니?"
교장의 목소리가 피곤하고 살짝 퉁명스러웠다.
"저희에게 좋은 생각이 있어요."
콜이 말했다.
"오늘 아침은 좀 바쁘구나."
"저희도 그래요. 하지만 이건 미룰 수 없어요."
피터가 말했다.
교장이 기운을 내며 그들에게 안으로 들어오라고 손짓했다.
"좀 어떠니, 피터?"
"모든 게 다 뒤죽박죽이에요."
피터가 자리에 앉으며 대답했다.
교장이 콜을 쳐다보았다.
"그래, 뭐가 그렇게 중요하지?"
콜은 어디부터 시작해야 할지 몰라서, 학교 전체가 함께하는 원형 평결 심사라는 아이디어를 설명했다.
케네디 교장이 조용히 듣고 나서는, 뚫어지라 두 아이를 살펴보았다.

“체육관에 모두 모이게 해서 그렇게 해 보는 게 더 쉽지 않을까? 그러면…….”

피터가 참견했다.

“원형 평결 심사에 참석한 사람들은 서로를 봐야 해요.”

콜이 고개를 끄덕였다.

“피터 말이 옳아요. 다들 원형 평결 심사의 일부가 되었다고 느껴야 해요. 그저 누군가의 뒤에 앉아 있기만 해서는 안 돼요.”

교장이 천천히 머리를 흔들었다.

“나는 학생들에게 그런 일에 참여하라고 요구할 수가 없구나.”

“시이일잃은 애들은 자습실에 가면 돼요.”

피터가 말했다.

거의 애원하다시피, 콜이 말했다.

“교장선생님께서 직접 말씀하셨잖아요. 우리가 자신의 내면을 바꾸지 못한다면 변한다고 해도 어떤 의미도 없을 거라고요.”

“너희는 내면을 바꾸고 변화했니? 그래?”

“예, 저희는 변했어요.”

피터가 대답했다.

교장이 원형 평결 회의에서 깃털을 만지작거리듯이 손가락으로 펜을 이리저리 굴렸다.

“음…… 너희 아이디어를 한번 고민해 볼게.”

“안 돼요. 다들 피터가 폭행당한 일과 트리쉬의 자살에 대해 생각하고 있는 지금 이 일을 해야 해요. 땅을 갈아엎고 난 후가 바로 씨를 뿌려야 할 때라고 가비 아저씨가 말했어요.”

“지금 땅이 진짜 엉망진창이잖아요. 그게 효과가 있을 거예요!”

피터가 흥분해서 외쳤다.

“나도 너희 아이디어를 좀 생각해 보자꾸나. 그게 내가 약속할 수 있는 전부야. 자, 변명처럼 들리겠지만, 나는 학교를 운영해야 한단다.”

교장이 대꾸했다.

다음 날 아침 첫 시간이 끝나기 전에 케네디 교장의 공고가 확성기를 통해 발표되었다.

“지난 마지막 조회 후에 학생 몇 명이 내게 와서 여러분이 어떤 일을 할 수 있는지 문의했습니다. 그래서 오늘 여러분 각자가 아이디어를 함께 나눌 기회를 갖도록 하겠습니다. 아홉 시에 모든 선생님께서는 축구장으로 학생들을 데리고 나오십시오. 우리는 큰 원 모양으로 빙 둘러 모여서 말할 겁니다. 참여하고 싶지 않은 학생들은 식당 자습실에 간다고 보고하세요.”

콜은 흥분해서 거의 고함을 내지를 뻔했다.

학생들은 체육관이 아니라 축구장에 모이는 것에 호기심을 내비쳤다. 학교에서 이동하자 사위에 기대감이 감돌았다. 콜이 아이들 무리에서 피터를 찾아보았지만 보이지 않았다.

케네디 교장이 확성기를 들고 트랙 안쪽에서 기다리고 있었다.

"다들 한 줄로 트랙을 빙 둘러서세요. 완벽한 원을 만들어 보아요."

교장이 지시했다.

평소처럼 학생들은 우왕좌왕하며 더 큰 무리에게 어떻게 할지 물으며 오롱조롱 무리를 지어 쿵쿵 걸어 나왔다. 가장 친한 친구 옆에 서기 위해 다른 아이를 팔꿈치로 밀거나 싫어하는 애 옆에 서지 않으려고 밀치락달치락 부산떠는 학생들도 있었다.

"원을 넓혀요. 한 줄로 트랙을 빙 둘러서서 나를 보아요."

교장이 말했다.

마침내 원이 만들어지자 교장이 연설을 시작했다.

"좋아요. 다들 귀를 기울이세요."

확성기 소리가 활기찬 아침 공기로 가득 찬 축구장을 가로질러 메아리쳤다.

"오늘 아침 반가운 손님이 학교에 오셨습니다. 갑작스러운 통지를 받고 오셨지만 여러분이 학교를 치유하는 방법을 찾도록 도와주실 겁니다. 여러분, 미니애폴리스에서 전문 중재자로 활동하고 계신 홈스 선생님을 소개하겠습니다."

콜이 원형 평결 심사에서 보았던 지킴이였다.

"안녕하세요!"

홈스가 확성기에 대고 말하기 시작했다.

"오늘 우리를 여기 모이게 한 이유 때문에 참 슬픕니다. 하지만 해결책을 찾기 위해 여러분이 자발적으로 이렇게 모였다는 사실에 힘이 납니다."

콜은 축구장 주변을 둘러보면서 원에 참여하기로 선택한 학생들이 아주 많다는 걸 알고 놀랐다. 아이들이 제 팔을 비비고 양손을 주머니 깊숙이 넣고서 아침 추위를 피하고 있었다. 서로 찔러 대며 소곤거리는 아이들도 있었지만, 대부분 조용히 기다리고 있었다. 키스는 저들 패거리가 아니라, 더 어린 두 학생 사이에 서 있었다. 키스가 콜에게 고개를 끄덕여 보였다.

"이건 분명히 제가 함께해 보았던 가장 큰 원이에요. 하지만 원의 크기는 전혀 문제가 안 됩니다. 확성기를 축구장 주위로 돌려서 원하는 여러분은 누구나 자신의 감정을 말할 기회를 얻게 됩니다. 오늘 아침은 여러분에게 두 가지만 말씀드릴게요. 첫째, 마음으로부터 정직하게 말하세요. 둘째, 말하는 사람이 누구든 존중하십시오. 여러분이 다른 사람을 존중하지 않는다면, 여러분 자신도 존중받지 못할 테니까요. 학교는 존중하지 않는다면 치유될 수 없답니다."

콜 가까이 있는 두 여학생이 낄낄거렸다. 한 남학생은 불을 붙인 담배를 숨기고 있었다.

지킴이가 확성기에 대고 침착하게 말했다.

"사람들은 언제나 그들이 이해하지 못하는 것을 두려워하고, 두려워하는 것을 파괴합니다. 학생 여러분, 무지와 두려움 때문에 여러분은 차별을 두게 됩니다. 오늘 여러분이 두렵지 않다는 것을 증명해 봅시다. 선생님들을 포함하여 모두 다 팔을 뻗어 손을 잡아볼까요. 다 함께 원을 만들어 봅시다."

트랙 주위로 웅성거림이 분출했다. 몇몇 학생들이 망설이다가 재빨리 다른 학생들 옆으로 가려고 했다.

"제발 자리를 바꾸지 마세요. 같은 학교에 다니는 학생들끼리 손조차 잡을 수 없다면, 어떻게 국가들 사이가 좋아지길 기대할 수 있겠어요? 세계 평화는 여기에서 시작됩니다."

인간 원이 마침내 완성되자, 지킴이가 계속 말을 이었다.

"여러분 각자 지난 이 주 동안 여러분이 행한 편협함을 보여준 행동을 생각해 보아요. 자신과 다른 누군가를 허용하지 않았던 순간이 있었을 겁니다."

다들 가만히 서 있었고, 눈을 감고 있는 이들도 있었다. 멀리서 사이렌이 울려도 지킴이가 계속 이어 말했다.

"좋습니다. 이제는 지금부터 여러분의 학교에 관용을 퍼뜨리기 위해 각자 어떤 일을 할 수 있는지 생각해 봅시다."

"진짜 웃기네."

한 학생이 불평하는 소리가 들렸다. 그 남학생이 원에서 빠져나와 학교로 돌아가는 몇몇 아이들에게 가버렸다.

지킴이는 원을 떠나는 아이들은 내버려 두었다.

"자, 이젠 주머니에 손을 넣어 따뜻하게 해도 됩니다. 지금부터 제가 걸어가면서 이 확성기를 두 차례 트랙 주위로 돌리겠습니다. 첫 번째에는 학교에서 일어났던 일에 대한 여러분의 느낌과 이 학교가 그런 편협함을 갖게 된 이유를 들려주길 바랍니다. 두 번째에는 우리 함께 답을 찾아보도록 하죠. 하지만 가장 먼저 우리의 상처를 서로 보듬어야 합니다. 다들 반드시 말해야 할 필요는 없지만, 귀 기울여 들어야 할 의무가 있다는 걸 명심하세요."

지킴이가 가장 가까이 있는 학생에게 걸어가서 확성기를 건넸다. 콜은 숨을 멈추고 기대에 부풀어 쳐다보았다.

그 남학생이 당황하며 머리를 절레절레 흔들었다.

학교 마스코트, 불도그

거의 열두 명의 학생들에게 확성기가 건네졌다. 저마다 거절했고, 콜의 뱃속에서 불길한 예감이 자라기 시작했다. 드디어 키가 큰 금발 머리 여학생이 용기를 내어 말했다.

"지난주에 일어났던 일은 빙산의 일각일 뿐이에요."

여학생은 이렇게 말문을 열었다.

"우린 모두 운동선수, 치어리더, 모범생과 같은 온갖 패거리를 알고 있어요. 모두 다 몇몇 집단에 속해 있고 다른 집단을 경멸해요. 우리 모두 다 그동안 일어났던 일에 대해 마땅히 책임을 져야 해요."

옆에 선 여학생이 말했다.

"저도 동의해요. 저도 다른 사람을 괴롭혔고 그게 큰일이 아니라고 생각했어요. 그런데 그 때문에 그 애들이 상처를 많이 받았을지도 몰라요."

그리고 대여섯 명의 더 많은 학생들이 말하길 거부했다. 다음 학생이 확성기를 받아들고 말했다.

"맞아요, 어쩌면 많은 학생들에게 받은 작은 상처가 누군가를 자살로 내몬 원인일 수 있어요."

지킴이가 축구장을 빙 돌자, 다들 다르게 반응했다. 눈물을 닦아내는 학생들도 있고, 눈을 꽉 감고 가만히 서 있는 학생들도 있었다. 어떤 학생들은 부루퉁하게 땅바닥만 노려보았다.

"전 뭘 해야 할지 모르겠어요. 깡패 짓거리도, 마약이나 패거리들도 제힘으론 막지 못해요. 어떤 날은 정말로 학교 가기가 무서워요."

한 남학생이 시인했다.

콜은 큰 원을 둘러보았다. 이제는 비웃거나, 팔꿈치로 찌르거나 소리 내어 웃는 학생들은 안 보였다. 원형 평결 심사가 효과를 나타내고 있는지도 모른다.

지킴이가 축구장을 빙 둘러 걸어가자 어느덧 태양이 공기를 따뜻하게 덥혀 주기 시작했다. 콜은 지킴이가 처음 지나갔을 때는 말하지 않기로 했다. 지킴이가 해결책을 요청할 때 말할 용기가 생기길 바랐다. 오전 내내 어떤 아이디어가 콜을 움직이게 하고 있었다.

거의 한 시간이 지난 후에, 지킴이가 축구장 한가운데로 걸어갔다.

"오늘 아침 여러분이 보여 준 정직과 존중에 진심으로 감사를 드립니다. 이제는 여러분 모두가 이 학교의 일을 자신의 일로 여기길 바랍니다. 학교를 자기 몸으로 여기고, 여러분 자신을 학교의 일부로 생각해 봅시다. 앞으로 여러분 스스로 자신의 몸을 치유하기 위해 어떤 일을 할 수 있을까요? 지난주의 비극들이 되풀이되는 것을 막기 위해 여러분 개개인이 어떤 변화를 이끌 수 있을까요?"

지킴이는 또다시 원 주위를 걷기 시작하며, 각각의 학생에게 확성기를 건넸다.

"우리는 모두 불량배들이 멋지지 않다는 걸 알게 해 주어야 해요."

한 여학생이 제안했다.

"서로 깔아뭉개는 걸 그만둬야 해요."

다른 학생이 제시했다.

이어서 말한 남학생은 몇 년 전에 콜이 놀렸던 학생이었다. 그 애가 말했다.

"선생님들은 가르칠 권리가 있고 학생들은 배울 권리가 있어요. 아무도 그 권리들을 빼앗을 권리가 없어요. 어느 누구도요."

치어리더들 가운데 한 명이 제안했다.

"어떤 과목에서 낙제한 학생을 도와줄 수 있는 멘토링 프로그램을 만들면 좋겠어요. 그 과목에서 좋은 성적을 받은 학생들이 그 애를 도와주고요. 그러면 우리의 장점을 서로 함께 나눌 수 있을 거예요."

4학년 남학생이 확성기에 대고 외쳤다.

"우리는 서로 다르다는 것 때문에 싸워서는 안 됩니다. 그것을 우리의 장점으로 만들어야 합니다."

확성기가 축구장을 돌아가면서 학생들이 어떤 제안에는 갈채를 보냈고 다른 제안에는 동의하지 않는다고 중얼거렸다. 콜은 말할 수 있는 두 번의 기회를 모두 거절한 키스를 눈여겨 보았다.

지킴이가 두 번째로 다가오자, 콜은 초조하게 발을 동동거렸다. 어쩌면 자신의 아이디어를 공유하는 걸 그만두어야 할지 모른다. 다들 어리석은 생각이라고 여길지 모르니까. 그래도 콜은 손을 쑥 들었다. 지킴이가 콜을 알아보고 확성기를 건네면서 빙그레 웃었다. 이제는 되돌리기엔 너무 늦었다.

"여러분 대부분은 제가 누군지 알 거예요."

콜은 쭈뼛쭈뼛 말하기 시작했다.

"전 언제나 이 학교에 불명예가 될 일들만 저질렀어요. 아직도 어떤 학생들이 절 미워하고 있다는 것도 알고 있고요. 그건 정말 미안해요. 전 이 원형 평결 심사가 오늘 한 다발의 말을 내뱉는 것으로 끝나지 않았으면 좋겠어요. 우리는 변하는 것이 얼마나 중요한지 보여 주기 위해 정말로 큰 일을 해야만 해요."

콜은 마른 입술을 핥고는 말을 이었다.

"알래스카의 외딴 섬에 있었을 때, 전 거의 죽을 뻔했어요. 하지만 스피릿베어라고 하는 곰이 꿈처럼 제게 다가와 제가 원래 어떤 사람이었는지 가르쳐 주었어요. 스피릿베어는 저의 내적 힘이었어요. 한 영혼이 죽으면 그 삶은 살 가치가 없다는 걸 배웠어요."

콜은 재빨리 숨을 내뱉었다.

"우리는 미니애폴리스 센트럴 불도그예요. 그게 우리의 마스코트지요. 하지만 우리의 가장 위대한 힘이 각자의 내면에 존재하는 영혼에서 나오는 거라면, 왜 굳이 우리 힘을 보여주기 위해 으르렁대는 개를 사용해야 하는 걸까요? 전 우리 자신을 변화시키는 데 전념하고 있음을 보여주기 위해, 으르렁대는 불도그에서 스피릿베어로 우리 마스코트를 바꾸자고 제안합니다."

웅성거림과 속삭임이 원 주위로 퍼져나갔다.

지킴이가 확성기를 받아 들고 말했다.

"학생 여러분, 오늘 여기서 나온 여러분의 제안들은 기록될 겁니다. 이후에 여러분이 자신을 위해 또는 학교를 위해 어떤 변화가 좋은지 결정할 거예요. 마스코트 아이디어도 목록에 덧붙여질 겁니다."

삼십 분 후에, 지킴이가 거의 두 시간 전에 시작했던 것과 똑같이 모두에게 손을 잡으라고 요청하면서 원형 평결 심사를 끝냈다. 이번에는 주저하는 학생들이 거의 없었다. 서로 부둥켜안는 학생들도 있었다.

"오늘 여러분의 내면의 힘을 보여 주어서 고맙습니다."

지킴이가 말했다. 그러고는 만족스러운 웃음소리를 보탰다.

"여러분 각자의 스피릿베어들과 소통한 것에 감사드립니다. 이 축구장을 떠날 때 여러분이 꼭 명심하면 좋겠습니다. 오늘 나온 제안들에 대해 어떤 실천도 안 한다면 그것들은 그저 쓸모없는 소리가 된다는 걸 개개인이 떠올리길 바랍니다. 실제로 여러분은 여러분의 내면으로 돌아간 후에 실천할지 말지 망설이게 될 겁니다. 그런 다음에야 여러분이 진심으로 변하기 위해 얼마나 헌신적이었는지 알게 될 테니까요. 여러분에게 행운이 있기를 바라지만 이건 결코 운으로 될 수 없습니다. 여러분 모두가 힘을 갖기를 바랍니다."

학생들이 원형 평결 심사에서 나와 점심을 먹으러 학교로 돌아갈 때 콜은 안도의 숨을 깊이 내쉬었다. 피터를 찾아서 두리번거리다가, 콜은 무언가를 보았다. 늙은 노숙인이 축구장 먼 끝자락에 있는 쇠 울타리 바깥쪽에 서 있었다. 비록 멀리 있었지만, 익숙한 굽은 어깨와 허연 담요 그리고 쇼핑 카트가 명백히 그 노인임을 알려 주었다. 노인은 얼마나 오랫동안 지켜보고 있었을까? 콜은 호기심이 일었다.

교실로 돌아오자, 대부분의 교사가 그날 계획된 수업을 건너뛰고 대신 변화를 이루는 일에 대해 얘기했다. 콜은 마스코트를 스피릿베어로 바꾸자는 자신의 제안에 비웃는 사람이 없어서 기뻤다. 아마도 학생들이 자신의 운명을 바꾸는 가능성에 대해 상상해 볼 수 있을 것이다.

방과 후, 피터가 콜에게 물었다.

"왜 마스코트 바꾸는 아이디어를 나한테 미리 말하지 않았니? 우리 친구 아니었어?"

콜이 재빨리 한쪽 팔을 피터에게 둘렀다.

"당연히 우린 친구지. 스피릿베어 마스코트가 좋은 아이디어인지 확신할 수 없었어. 그게 이유야."

"젠장, 우리 반에선 오후 내내 온통 그 얘기뿐이었어."

"야, 울타리 옆에 서 있던 그 할아버지 봤니?"

피터가 고개를 끄덕였다.

"난 그 끝에 있었어. 할아버지가 갑자기 나타나더니…… 가만히 서서 물끄러미 날 쳐다보았어. 마치 유령 같았어."

콜이 어깨를 으쓱였다.

"어쩌면 그렇게 많은 학생들이 축구장에 빙 둘러 모여 있으니 호기심이 발동했을 수도 있지."

"할아버지가 떨고 있었어."

"할아버진 얇은 누더기 담요만 뒤집어쓰고 있었잖아."

콜이 말했다.

"할아버지에게 엣투를 드릴까 봐. 그럼 더 따뜻할 거야."

"엣투를 준다고!"

콜은 가비가 준 화려한 담요를 떠올리며 소리쳤다. 엣투 덕분에 콜은 자신의 과거를 존중하는 법을 배울 수 있었다.

"엣투 대신에 구세군 가게에 가서 따뜻한 담요를 사서 할아버지께 드리자."

"넌 그렇게 하고 싶니? 구우우세에군 가게에서 중고 담요를 사는 거?"

피터가 물었다.

"가비 아저씨가 특별 선물로 그 엣투를 주었어. 그건 가족의 보물과 같아."

콜이 항의했다.

피터가 조용해졌다.

"네 기분을 상하게 하려는 건 아니야. 하지만 그 엣투를 그 할아버지에게 줄 순 없어. 가비 아저씨가 날 믿었고, 나도 널 믿었기 때문에 너한테 그걸 줬거든."

피터가 머리를 주억거렸다.

"그 엣투는 나한테도 특별해. 내가 그 할아버지를 믿고 있을 수도 있잖아."

"우린 할아버지를 알지도 못하잖아."

"할아버지를 알려는 시도도 안 해 봤잖아. 게다가 가비 아저씨가 널 얼마나 잘 알았었는데? 넌 날 얼마나 잘 알고?"

콜은 피터와 말다툼하는 게 싫었다.

"그래도 일단은 구세군 가게에 가서 적당한 담요가 있는지 알아보자."

"그러던가."

피터가 우물거렸다.

"부모님께 알려야 하니?"

"날 찾아보시라고 하지 뭐."

피터가 이렇게 말하고는 조금 떨어진 구세군 가게를 향해 길 아래로 출발했다.

"난 화나지 않았어."

콜이 말했다.

"나도 화 안 났어."

피터가 더 빨리 발을 질질 끌었다.

흰색 고층 빌딩까지 가는데 거의 삼십 분이 걸렸다. 출입문을 밀고 들어갈 때까지 둘 다 아무 말도 하지 않았다. 피곤해 보이는 계산원이 그들에게 여성복 뒤의 담요로 가득 채워진 큰 선반을 가리켰다.

"저기네. 이제 네가 선택해. 담요 값을 나누어 내고 우리 둘의 선물로 할아버지께 드리자."

콜이 피터에게 말했다.

말 한마디 없이 피터가 선반 위의 담요를 하나하나 살펴보았다. 마지막 하나까지 피터가 다 보고 나자, 콜이 물었다.

"자, 넌 어떤 게 좋아?"

"하나도 맘에 안 들어."

피터가 대답했다.

"야, 이렇게 수백 개의 담요가 있는데, 어떻게 맘에 드는 게 하나도 없니? 우린 대회에서 우승할 담요가 아니라, 집 없는 할아버지를 따뜻하게 해 줄 담요를 찾고 있어."

"암튼 맘에 드는 게 없어."

피터가 말을 싹둑 잘라내고는 출입문을 향해 걸음을 옮겼다.

콜은 이제 논쟁을 그만두어야 할 시점임을 알았다.

"폐건물에 들렀다 가자."

피터가 제안했다.

"왜?"

"그 할아버지를 만나고 싶어서."

"안 돼. 마약 중독자나 전과자일지 모르잖아."

콜이 다그쳤다.

"너처럼."

피터가 반격했다.

콜은 포기했다.

"엣투는 네 맘대로 해. 이젠 네 것이니까."

"나도 알아."

피터가 대꾸했다.

둘이서 말없이 걷고 있는데 갑자기 피터가 걸음을 멈추고 무언가를 가리켰다. 그들 바로 앞에 늙은 노숙인이 보도 아래에서 카트를 미느라 버둥거리고 있었다. 나무 그루터기가 삐

뚜름하게 바구니 꼭대기에 걸쳐 있었고 카트 양옆이 그 무게 때문에 기울어져 있었다. 피터는 거리를 가로질러 노인을 향해 곧장 걸어갔다.

콜이 마지못해 뒤따라왔다.

반백의 노인은 끙끙거리며 힘겹게 카트를 미느라 처음에는 그들을 알아보지 못했다.

"할아버지가 뭐 하시는 걸까?"

콜이 거의 근처까지 다가가서 소곤거렸다.

"가서 할아버지께 여쭤 봐."

"그건 네 아이디어야."

콜이 말했다.

피터가 쭈뼛쭈뼛 망설이며 거의 정지한 듯 움직였다.

갑자기 노인이 멈추고 몸을 돌려 그들을 노려보았다. 콜과 피터는 그대로 얼어버렸다. 콜이 막 달아나려는데 피터가 물었다.

"그어어걸 미는 걸 도와드릴까요?"

노인이 눈을 가늘게 뜨고 둘을 쳐다보았다. 빗질한 실 같은 머리카락이 어깨까지 내려와 있었다. 허리에 둘러 묶은 밧줄이 바지가 흘러내리지 않도록 막아주고 있었다. 그들을 알아보자 노인의 시선이 서서히 부드러워졌다. 어느새 노인이 미소를 지으며 고개를 흔들고는 카트로 돌아섰다. 콜과 피터는 입도 뻥긋하지 못하고 집으로 향했다.

콜은 기분이 나빴다. 둘이 섬에서 심하게 말다툼을 벌였던 뒤로 처음 느끼는 기분이었다. 헤어지기 전에 콜이 말했다.

"피터, 오늘 내가 한 말들 미안해. 난 그냥 엣투를 그 할아버지께 주는 건 멍청한 짓이라고 생각했어."

"키이이스랑 친구 하려고 애쓰고 마스코트를 스피릿베어로 바꾸려고 한 건 멍청한 일이 아니고?"

콜이 씩 웃었다.

"모든 학생이 원형 평결 심사에서 만나야 한다고 생각한 것보다 더 멍청한 건 없었어."

비에 흠뻑 젖어 춤을 추다

주말 내내 콜은 원형 평결 심사가 어떤 변화를 가져올까 생각했다.

월요일 아침, 교사들과 경찰들이 복도를 순찰할 때 불편한 정적이 감돌았다. 금속 탐지기들이 여전히 출입구를 지키고 있었다. 원형 평결 심사가 이루어지는 동안에 제기된 열여덟 개의 제안 목록이 첫 시간에 배포되었다.

콜은 목록을 보면서 빙그레 웃었다. 누군가 복장 규정은 학생들이 결정하고 강화해야 한다고 제안했다. 학생들의 말이 들릴 수 있게 신문을 만들어야 한다는 제안도 있었다. 파괴 행위와 학교 폭력 같은 문제를 해결하도록 돕는 학생 회의를 열자고 한 제안도 마음에 들었다. 자신의 제안만큼 거의 좋아했던 아이디어는 학생들이 행하는 교사 등급 평가였다. 교사들은 존경을 받으려는 게 아니라 존경을 강요했다. 어쩌나 지루했던지, 깨어있기만 해도 학생들에게 특별 점수를 주는 게 마땅한 수업이 있을 정도였다.

문제는 교사를 낙제시킬 수 없다는 점이었다. 콜은 일단 교사가 되기만 하면 그들을 해고하기는 거의 불가능하다고 들었다. 해고하지 못한다면 그들을 낙제시킬 좋은 방법은 없을까? 단지 교사 등급 평가를 게시하는 것만도 도움이 될지 모른다. 하지만 교사들은 그 무엇도 절대 허락하지 않을 것이다. 어떤 교사들은 불량배 같았다. 비판은 해도 비판받는 것은 무척 싫어했다.

콜은 한 번 더 목록을 슬쩍 곁눈질했다. 다행히, 불도그에서 스피릿베어로 마스코트를 바꾸자는 제안은 어리석은 아이디어가 아니었다.

그날 오후, 케네디 교장이 또 다른 조회를 열었다. 교장이 무뚝뚝하게 말했다.

"금요일에 아주 좋은 아이디어가 많이 쏟아졌다고 들었습니다. 이제는 제안을 올리느냐 폐기하느냐를 결정할 때입니다."

교장이 목록을 들어 올렸다.

"각 제안마다 번호가 있습니다."

곧이어 교장이 체육관 바닥을 가리켰는데, 그곳에는 열여덟 명의 교사들이 각각 커다랗게 번호를 쓴 카드보드지를 들고 있었다.

"여러분이 보고 싶은 변화를 고르세요. 그리고 출발이라고 말하면, 질서 있게 그 번호가 있는 곳으로 가십시오. 선생님들께서 여러분이 동아리를 조직하고 학생 대표를 뽑는 걸 도와줄 겁니다. 그다음은 여러분에게 달렸는데 각자 동아리 별로 활동하면서 가장 좋아하는 제안을 시도해 보고 그것을 실현시킬 수 있도록 확고한 방법을 제출해 주십시오."

케네디 교장이 학생들로 가득 찬 체육관을 찬찬히 살펴보았다.

"이것은 전적으로 변화에 관한 것입니다. 오늘 우리는 여러분이 얼마나 간절히 변화를 원하는지 알게 되겠지요. 나는 여러분을 돕기 위해 싸우겠지만, 여러분도 싸워야만 합니다."

교장이 연설을 마치자, 학생들이 자신의 동아리를 찾기 위해 관람석에서 사방으로 퍼졌다.

"넌 이걸 멍청한 생각이라고 했던 것 같은데."

피터가 마스코트를 바꾸고 싶은 동아리에 들어오자 콜이 말했다.

피터가 씩 웃었다.

"얼마나 멍청한지 보려고 왔어."

콜은 주위를 둘러보았다. 거의 이백 명에 가까운 학생들이 콜의 번호 가까이 모여 있었다. 콜의 번호가 가장 큰 무리를 이루고 있었다. 더 작은 동아리들은 체육관 밖으로 나갔고, 마스코트 동아리는 밴드 강사인 브레임과 함께 관람석에 남았다.

"여러분은 가장 힘든 제안을 선택했어요."

브레임 강사가 말을 이었다.

"마스코트를 바꾸는 일은 쉽지 않아요. 재정비용 외에도, 학군 승인도 반드시 받아야 하고요. 그것만도 쉽지 않을 텐데, 많은 동문들이 고등학교에서의 추억을 불도그로 기억하고 있답니다. 하지만 겁먹고 꽁무니를 빼지 않는다면 시작해 볼까요. 동아리 회장으로 입후보할 학생 있나요?"

긴 머리를 하나로 묶은 10학년 여학생이 제안했다.

"콜 매슈스가 스피릿베어를 만났고 이 제안을 했으니까, 콜을 회장으로 추천합니다."

모두가 손뼉을 치며 동의했다. 콜은 절망적으로 주위를 보았지만, 다른 후보자는 더 나오지 않았다.

"좋아요. 더 이상 후보자가 없다면, 콜 매슈스가 마스코트를 불도그에서 스피릿베어로 바꾸는 동아리 회장으로 선출되었음을 알립니다. 찬성하는 학생들은 모두 찬성이라고 말해 주세요."

브레임 강사가 선언했다.

모두들 한목소리로 외쳤다.

"찬성!"

콜은 '아니!'라고 소리 높여 목청껏 외치고 싶었지만, 그건 자신의 아이디어였다.

브레임 강사가 콜에게 눈길을 돌렸다.

“이제 네가 회장인 것 같구나. 이 자리를 네게 맡긴다.”

관람석의 모든 학생들의 이목이 쏠리자 콜은 공포에 질렸다. 그래도 일어서서 체육관 바닥으로 내려갔고, 그곳에서 모든 회원들을 마주 보았다.

“어, 전 이런 게 처음이에요.”

콜은 주위를 둘러보며 더듬더듬 말을 이었다.

“최선을 다할게요. 그리고 여러분들이 괜찮다면 피터 드리스칼을 부회장으로 지명하고 싶습니다. 피터도 스피릿베어를 보았거든요.”

피터가 깜짝 놀라며 눈을 껌뻑거리더니, 벌떡 일어나서 아래로 달려왔다. 그러고는 어깨를 쭉 펴고 콜 옆에 섰다.

콜은 관람석을 올려다보며 다시 말을 이었다.

“좋습니다. 어떻게 하면 우리가 이 일을 성공시킬 수 있을까요? 제가 아이디어를 낸 건 시작 단계일 뿐입니다.”

“멍청한 단계.”

피터가 소곤거렸다.

콜이 의견을 기다리는데, 케네디 교장이 잠깐 들렀다.

“짧게 한마디 해도 되겠니?”

교장이 동의를 구했다.

“어, 아니, 예 하세요.”

콜이 대답했다.

교장이 확성기 없이 큰 소리로 말했다.

"선거를 통하든 서명을 한 탄원서를 모으든, 여러분의 동아리는 대다수의 학생들이 마스코트를 바꾸고 싶어 한다는 점을 증명해야 합니다. 학군(지역별로 나누어 설정한 몇 개의 중학교 또는 고등학교 무리)에 마스코트 변경 사항을 고려해 달라고 제출하기 전에 그것이 필요합니다. 그럼 행운을 빕니다!"

콜은 사람들을 조직해 본 적이 없었다. 언제나 큰 실수를 하고 방해를 놓는 편이었다. 어느덧 아이들이 저희끼리 수다를 떨어서, 말하기가 어려워지자 짜증이 났다. 일부러 천천히 호흡하면서 끓어오르는 화를 가라앉혔다.

"이 제안이 멍청한 아이디어라고 생각하는 학생들도 몇몇 있습니다."

콜이 피터를 장난스럽게 팔꿈치로 찌르며 말했다.

"이 아이디어가 멍청한가, 멍청하지 않은가는 중요하지 않습니다. 우리가 이걸 어떻게 실현시키느냐가 관건입니다. 이 아이디어를 성공시키기 위해 일하고 싸울 준비가 안 된 분이 있다면, 미안하지만 다른 동아리에 참여해 주세요."

콜의 도전은 흥분의 불꽃을 일으켰다. 11학년 세 명이 손을 번쩍 들고 마스코트 변경을 원하는 이유를 제안서로 작성하겠다고 자원했다. 또 다섯 명이 교장과 학군에서 필요하다고 할 게 뻔할 테니 대략적인 비용을 추정해 보기로 했다. 콜은 걱정되었다. 유니폼과 명찰, 새 문구류 인쇄, 새로 만들 조각상과 체육관 벽을 새 마스코트로 페인트칠하는 비용이 너무 많이 들면 어떻게 해야 할까? 눈길을 돌리는 곳 어디에서나 으르렁거리는 불도그가 보였다.

회의가 진행되면서 콜은 이 계획을 지지하는 많은 학생들이 누군가 그들에게 해야 할 일을 말하면 어떻게든 자발적으로 도와준다는 점에 놀랐다. 그 시간이 끝날 즈음, 동아리는 계획을 세웠다. 변경 사항을 학생들의 표결에 부치는 대신에 탄원서를 모으기로 했다. 그러면 마스코트 변경을 꺼리는 학생들을 설득하는 시간을 벌 수 있다. 서명한 탄원서를 모으는 일이 쉽지 않겠지만, 다들 도와주겠다고 약속했다.

그날 콜은 피터와 함께 학교에서 나올 때, 불도그 조각상 옆에서 발걸음을 멈추었다.

"너희 둘이 우리 학교를 망치고 있어."

한 운동선수가 옆을 걸어가면서 고함쳤다.

"이미 망가질 대로 망가졌는데 더 망가뜨릴 게 남아 있냐."

피터가 화가 나서 되받아 소리쳤다.

"야, 피터. 우린 스피릿베어야. 스피릿베어는 강하고 온화하고 친절해."

콜이 친구에게 상기시켰다.

피터는 잠시 생각했다.

"넌 상처를 입었어. 그래서 쟤들도 당해 보라고 그런 거야."

며칠 뒤에, 콜은 복도에서 키스와 우연히 마주쳤다. 둘 다 걸음을 멈추고 어색하게 서서, 상대방을 빤히 쳐다보았다. 콜이 먼저 말을 건넸다.

"괜찮니?"

콜이 물었다.

키스가 어깨를 으쓱였다.

"여전히 쓰라려."

"너 어느 동아릴 신청했니?"

"어, 신문반."

키스가 대답했다.

"글 쓰는 거 좋아하니?"

키스가 초조하게 왼발에서 오른발로 무게중심을 옮겼다.

"신문반에 들어갈 수 있어서 다행이야."

"마스코트를 바꾸는 데 도움을 받았으면 해. 네 친구들이 서명한 탄원서를 받아 주면 좋겠어."

콜의 제안에 키스가 대꾸했다.

"생각해 볼게. 내 친구들은 대부분 낙오자야."

"야, 키스. 너도 함께 피터를 때렸니?"

콜이 퉁명스럽게 물었다.

키스가 벽에 걸린 시계를 올려다보았다.

"수업에 들어가야겠다."

키스가 이렇게 말하고는 몸을 돌렸다.

날마다, 콜은 피터와 다른 열두 명의 학생들과 함께 탄원서를 돌리고 펜을 잡을 수 있는 사람 누구에게든 서명을 유도하면서 시간을 보냈다. 그러던 어느 날 느닷없이 키스가 나타나서 그들에게 합류했지만, 피터는 피해 다녔다.

탄원서에 서명하기를 거절하는 학생들이 있었는데, 그것은 그들의 선택이었다. 한번은 11학년인 축구 선수가 탄원서를 바닥에 내던지고 콜에게 거세게 손가락질을 했다.

"배신자의 궁둥이에 이 학교를 갖다 바칠 순 없어."

그 애가 조롱했다.

"너 자신을 신경 쓰지 않으니까 네 미래도 관심이 없는 거야."

콜이 차분하게 대꾸하고는 종잇장을 집어 들었다. 섬에 가기 전이라면, 어리석게도 운동선수를 패대기쳤을 것이다.

마지막 탄원서까지 모았을 때, 거의 90퍼센트의 학생들이 서명한 참이었다. 탄원서, 마스코트 변경 예상 비용과 새 마스코트가 필요한 이유를 기술한 편지로 무장하고, 콜은 케네디 교장을 만나러 갔다.

"이게 얼마나 도움이 될지 확신할 수 없구나."

교장이 탄원서를 엄지손가락으로 훑으며 말했다.

"그럼 뭐하러 저희에게 이 일을 하라고 시키신 거죠?"

콜이 날카롭게 물었다.

"내 추천서와 함께 이것들을 학군에 제출할 거야."

교장이 말했다. 하지만 콜의 눈에는 교장이 탄원서에 눈길 한번 안 주는 듯했다.

그들이 학군의 대답을 기다리는 동안, 콜의 몇몇 동아리 회원들은 스피릿베어 사진들을 학교에 가져와서, 어떤 것이 체육관 벽에 그릴 마스코트로서 가장 멋져 보이는지 의논했다. 어떤 치어리더들은 불도그 대신에 스피릿베어를 이용하여 새 응원가에 맞춰 율동을 시연하기도 했다.

콜은 케네디 교장이 더욱 용기를 북돋워 주길 바랐다. 계획이 찬성을 받지 못하면 어떻게 할까? 그럼 어떻게 하지? 콜은 많은 어른들이 변화를 위협으로 여긴다는 사실을 알고 있었다.

날마다 방과 후, 콜은 피터와 시간을 보냈는데, 폭행을 당한 뒤로 피터의 기분은 더욱 불안정해졌다. 콜은 피터에게 감정을 분출하고, 어떤 느낌이어야 하는지 상상해 보라고 했다.

따뜻하지만 바람이 세찬 어느 시월의 오후에, 그들은 공원으로 걸어가고 있었다. 피터가 섬에서 했던 것처럼 춤을 추는 동안, 콜은 막대기를 드럼 삼아서 박자를 맞추었다. 독수리처럼 두 팔을 활짝 펴고 나무들 아래에서 몇 분 동안 빙글빙글 돌다가, 피터가 갑자기 동작을 멈추었다.

"섬에서는 이러는 게 좋았어. 그런데 여기선 내가 얼간이처럼 생각돼."

피터가 웃긴다는 표정으로 가만히 서서 그들을 쳐다보고

있는 몇몇 사람들을 가리켰다.

콜은 자신들이 우스워 보인다고 인정해야 했다. 비록 이곳이 섬 같지는 않았지만, 학교와 도시가 버겁게 느껴질 때 자신의 내면을 깊이 들여다볼 수 있는 조용한 장소를 발견한 기분이 들 때도 있었다. 콜은 피터도 그런 곳을 찾길 바랐다.

천둥소리가 들렸다.

"비가 올 건 가 봐."

콜이 머리 위로 모여드는 먹구름을 올려다보았다.

"한 블록만 가면 학교야. 거기로 가자."

곧장 학교로 갔지만, 그들이 학교에 다다를 즈음 장대비가 내렸다. 비에 흠뻑 젖어, 콜과 피터는 머리를 푹 숙이고 정문 안으로 들어갔다.

"짜증 나."

피터가 말했다.

콜은 가비의 말이 떠올랐다. 개인의 현실은 그들이 무언가에 반응하는 방법이지 실제로 일어난 일이 아니라고 했다. 콜이 피터에게 몸을 돌렸다.

"지금 우리가 짜증 내고 싶지 않다면, 이건 짜증 나는 일이 아니야."

"무슨 말이야?"

피터가 복슬강아지처럼 젖은 머리를 털며 물었다.

"난 완전히 젖었고, 기분이 짱이야!"

"우리가 그렇게 꽝이라고 인정한다면 꽝이 될 거야. 무슨 말인지 알려 줄 테니까 따라와."

그 말을 하고, 콜이 갑자기 억수로 퍼붓는 빗줄기 속으로 돌진했다.

"뭐하는 거야?"

피터가 문 앞에서 망설이며 물었다.

"비옷도 안 입었잖아."

"오늘은 날이 따뜻해. 그러니까 옷이 마르길 기다리든 그냥 젖어 버리든 큰 차이가 없어. 난 행복해지는 걸 골랐어. 그게 나의 현실이야!"

"좋아!"

피터가 소리치고 큰비 속으로 달려왔다.

"덤벼 봐, 망할 비야!"

피터가 이렇게 외치며, 주차장 주위를 빙빙 도는 콜을 쫓아 달렸다.

십여 분 동안 그들은 소리 내어 웃고 발로 웅덩이 물을 튀기며, 빙글빙글 돌고 돌았다. 마침내 뼛속까지 흠뻑 젖어서, 콜과 피터는 학교 안으로 들어갔다. 케네디 교장이 정문 앞에서 우연히 그들과 마주쳤다.

"왜 미치광이처럼 고함치며 빗속을 달렸는지 물어봐도 되니?"

교장이 물었다.

"저희의 현실을 만들고 있었어요."

피터가 알렸다.

콜이 씩 웃었다.

"비가 우리의 날을 망칠 수 없다는 걸 증명하고 있었어요."

교장이 머리를 절레절레 흔들었다.

"미쳤구나. 지금 퇴근하는 길이야. 바보들, 괜찮다면 집까지 태워다 줄게."

"푹 젖었는데요."

콜이 말했다.

"괜찮아. 두 미치광이보다 고물 자동차가 훨씬 더 엉망이니까."

그들은 케네디 교장을 따라 차로 갔다. 느닷없이 피터가 갓돌에 걸려 젖은 포장도로에 세게 넘어졌다.

"괜찮니?"

교장이 옆으로 달려오며 물었다.

피터는 젖은 바닥에서 돌아눕고는 얼굴을 찡그리며 아픈 무릎을 잡았다.

"괜찮아요. 망할 갓돌."

콜이 빙그레 웃었다.

"피터, 까진 무릎은 현실이 아니야. 그건 네 몸 바깥에서 일어나는 일일 뿐이야. 네 마음은 여전히 행복하다는 걸 잊지 마."

피터가 올려다보았다.

"정말 아파, 멍청이야. 그게 내 현실이야."

그러고는 한마디 예고도 없이, 콜의 정강이를 세게 걷어찼다.

"아야. 왜 이러는 거야?"

콜이 뒤로 풀쩍 물러났다.

"걷어차인 건 네 현실이 아니야. 넌 그냥 낑낑거리고 있는 거야. 그 일이 일어나지 않은 척해."

피터가 키득거렸다.

세 사람은 일제히 웃음을 터뜨렸다. 콜은 피터가 일어나도록 도와주고 교장의 파란색 스테이션 왜건 안으로 들어가면서도 계속 웃어댔다.

거절당한 현실

일주일이 지났다. 아침 조회 훈화를 하는 케네디 교장의 목소리가 피곤하게 들렸다.

교장은 훈화를 끝내며 마스코트 변경에 관해 언급했다.

"유감스럽게도 스피릿베어 마스코트 계획은 학군에서 기각되었습니다. 이 프로젝트와 관련해 열심히 일한 모든 학생들에게 고마움을 전합니다."

콜은 배를 걷어차인 기분이었다. 어른들은 학생들이 변화를 가져올 거라며 책임져야 한다고 말했다. 그러고는 변화를 거부했다. 어떻게 그렇게 많은 학생들이 원하며 추진했던 일을 거부할 수 있을까? 그건 불공정했다.

"우리 요구가 거절당한 건 우리의 현실이 아닐 거야."

방과 후에 콜이 피터에게 말했다.

"난 이 망할 현실을 받아들이고 싶지 않아."

피터가 시인했다.

"어쩌면 우리 아이디어가 기각된 게 이 일의 첫 단계일지 몰라. 우리가 그 기각에 어떻게 반응하느냐가 가장 중요한 단계일 거야. 그냥 포기하고 항복하느냐, 아니면 싸우느냐, 그 결정이 우리의 진정한 현실이야."

콜이 말했다.

피터가 곤혹스럽게 쳐다보았다.

"네게 보여 줄게. 수업은 끝났지만 돌아가서 교장선생님께 말씀드리자."

콜이 힘주어 말했다.

"학군의 결정이 유감이구나."

그들이 교무실로 들어오자 케네디 교장이 담담하게 말했다.

"어떻게 저희 제안을 기각할 수 있어요? 대다수의 학생들이 탄원서에 서명했는데. 교육 위원들은 민주주의에 대해 들어본 적이 없대요?"

콜이 낙담하며 물었다.

교장이 안경 너머로 그들을 쳐다보았다.

"관료주의라는 말 들어본 적 없지? 운동선수 유니폼과 밴드 단체복을 바꾸는 비용을 금지했단다. 미니애폴리스 센트럴 고등학교의 불도그는 존중받고 보전되어야 할 귀중한 가치라고도 생각하고."

"허, 그래요. 실패, 자살, 불량배들, 총기 난사와 마약이라는 전통이요."

콜이 비꼬는 듯 대꾸했다.

"중요한 이유는 아마도 예전에 미니애폴리스 센트럴 고등학교에 다녔던 학교 밖의 모든 학부모일 거야. 그분들은 여전히 불도그였던 시절을 좋아하지."

교장이 말했다.

"그건 그분들의 삶이었어요. 당장 중요한 건 저희의 삶이에요."

교장이 양손을 들어 올렸다.

"그분들 마음은 단호하단다."

"저희도 마찬가지예요."

콜이 고집스럽게 대들었다.

케네디 교장이 양어깨를 으쓱였다.

"어쩌면 너희가 교육 위원회 앞에서 얘기해 볼 수도 있단다. 하지만 거기서는 보통 학군의 권고사항을 따른단다."

교장이 일어나서 달력을 보았다.

"한 달에 두 번 교육 위원회가 열리는데, 다음 회의는 수요일 저녁 학군 사무실 이층에서 열리는구나. 모든 회의에서 공식 발언할 시간을 주거든."

"제가 그걸 할게요. 하지만 교장선생님께서 진지하게 저희가 맞설 수 있게 도와주셔야 해요. 안 그러면 시간만 낭비하게 돼요."

교장이 몸을 젖혔다.

"이 학교가 원형 평결 심사 모임을 한 뒤로 몇 가지 진정한 발전을 하고 있어. 하지만 학군의 결정에 상소하라는 건 내게 지렁이 깡통으로 포격하라는 말이란다."

"저희 요구를 기각함으로써 지렁이 깡통을 열어준 사람들이에요."

콜이 말하며 씩 웃음을 지었다.

"그런데 저희와 교장선생님의 직업 중에서 무엇이 더 중요할까요?"

그날 밤 콜은 가비에게 전화했다.

"90퍼센트의 학생들이 변화를 원하는데 학군에서 저희의 요구를 거절했다는 게 믿어져요?"

"그게 바로 내가 관료사회와 대면하기 싫은 이유란다. 어쨌거나 진정한 변화는 하루아침에 일어나지 않는다는 것만 명심하자."

"제가 살아가는 동안 진정한 변화가 일어나길 바라요."

"그러면 일어나게 해야지."

"어떻게요?"

콜이 물었다. 그러고는 가비가 대답하기 전에 말을 더했다.

"알겠어요. 뭔가 생각해 볼게요."

"넌 할 수 있을 거야."

가비가 대답했다.

몹시 긴장한 채, 콜은 피터와 함께 수요일 교육 위원회에 참석했다. 키스를 포함해 대여섯 명의 다른 학생들과도 함께 갔다. 키스는 여전히 피터 주변에서 의심스럽게 행동했다.

콜은 입을 뗐는데 그저 뜻 모를 말만 튀어나올까 봐 두려워서, 계획한 말들을 마음속으로 되뇌었다. 교육 위원들이 법률에 따라 뜻을 알 수 없는 말로 회의의 시작을 알리자 콜의 두려움은 한층 더 커졌다. 모든 것이 공표, 지명, 제안, 부가 의제, 수정과 발의였다. 마치 국회에서 하는 회의 같았다.

콜은 당장 교육 위원회에서 빠져나와 어리석은 일 따위는 잊어버리라는 충동을 강하게 느꼈다. 굳이 왜 신경 쓰려는 걸까? 케네디 교장선생도 신경 쓰지 않는데. 하지만 너무도 많은 학생들이 콜과 함께해 주었다. 이제 와서 무를 수는 없었다. 콜은 심호흡을 하며 변덕스러운 생각을 억눌렀다. 마침내 머리가 살짝 벗어진 교육 위원회 의장이 공식 발언 기회를 주겠다고 선언했다.

콜이 번쩍 손을 들어 올렸다.

의장이 회의실 앞의 마이크로 나오라고 손짓하며 말했다.

"앞으로 나와서 이름과 주소를 쓰고 하고 싶은 발언을 하세요."

콜은 회의실 앞으로 걸어가면서 땀으로 흥건한 손바닥을 바지에 문질렀다. 아홉 명의 교육 위원들과 거의 오십 명에 가까운 참석자들이 있었다. 콜은 침을 삼키고, 곧이어 이름과 주소를 적었다. 왜 주소가 필요한 걸까? 그것을 신문에 발표하거나 경찰에 제출하려는 건 아닐까?

콜은 간단히 자신이 누구인지 섬에서 어떤 경험을 했는지 말했다. 벌써 그들이 알고 있을지도 모른다고 생각했다.

"원형 평결 심사에는 저를 도와준 무언가가 있어요. 그래서 저희가 학교에서도 그것을 열었어요."

콜이 설명했다.

"그래요. 학생과 알래스카 이야기는 들었습니다. 학교에서 원형 평결 심사를 했다는 말도 들었고요. 그런데 오늘 밤 말하려는 요구사항이나 의견이 무엇이지요?"

의장이 물었다.

"어, 원형 평결 심사가 제가 여기 온 이유예요. 저희는 도움이 필요해요. 진정한 힘은 저희 마음에서 나오는 것인데 왜 굳이 저희의 마스코트가 으르렁대는 불도그여야 할까요?"

콜이 잠깐 숨을 돌렸다.

"스피릿베어는 제게 제 안의 힘을 보여 주었어요. 진심으로 원하는 진정한 변화를 보여 주기 위해 저희는 마스코트와 팀명을 미니애폴리스 센트럴 스피릿베어로 바꾸길 바라고 있어요."

콜이 다가가서 탄원서와 예산 비용을 건넸다.

"저희가 이걸 모았어요. 거의 대부분의 학생들이 변화를 원한다고 서명했어요."

"꽤 흥미롭게 들리는군요. 하지만 이런 형태의 요구사항은 학군에 제출해야 해요."

의장이 서류들을 훑어보며 대꾸했다.

"벌써 그렇게 해 보았어요. 그런데 학군에서 기각했어요. 비용이 너무 많이 든다고요."

콜이 설명했다.

"학생은 비용 측면을 고려했나요?"

다른 위원이 물었다.

콜이 고개를 끄덕였다.

"탄원서에 대략적인 추정 비용을 적어 놓았어요. 하지만 진정한 비용은 학생들이 실패하거나 낙오자가 되었을 때 발생하는 비용일 거예요."

의장이 서류를 탁자 아래로 건네주자 위원들이 서로 시선을 교환했다.

"저희가 이 점을 고려해 보겠습니다. 장점이 있다고 여겨지면 이 주 후 다음 회의에서 토론 의제로 올리겠습니다."

말을 마친 남자가 안경을 벗고는 말을 끝내며 탁자에 내려놓았다.

콜은 주위를 둘러보았다.

"그럼 그게 다예요?"
의장이 머리를 끄덕이며 예의 바르게 미소를 지었다.
"그래요."
의장이 콜을 지나 청중들에게 시선을 돌렸다.
"다른 공식 발언 있습니까?"
교육 위원회의 쌀쌀맞은 반응에 패배당한 기분으로, 콜은 피터와 다른 학생들과 함께 회의장에서 나왔다. 바깥에서 한 아이가 의장 흉내를 냈다.
"이 건은 나중에 토의합시다."
그 애가 도널드 덕 목소리를 냈다.
다들 소리 내어 웃었다.
"그래, 내가 장담하는데 그걸 토론하긴 할 거야. 탄원서는 벌써 쓰레기통에 처박아 두고 말이야."
한 학생이 투덜거렸다.
콜이 키스를 돌아다보았다.
"오늘 밤 와 줘서 고마워."
"고맙긴."
키스가 콜의 눈을 마주 보지 못하며 대꾸했다.
"뭐 잘못됐니?"
콜이 물었다.
키스가 피터에게 몸을 돌리고 물었다.
"얘기 좀 할래?"

피터가 의심스럽게 키스를 쳐다보았다.

"너도 날 때린 애들 가운데 한 명이야. 그렇지?"

키스가 머리를 흔들었다.

"아니, 하지만 그 애들이 누군지는 알아."

"누군데?"

피터가 물었다.

"친구들을 배신할 수 없어."

"배신할 수도 없고 배신도 안 할 거라고?"

피터가 키스를 노려보았다. 눈을 깜빡거리며 눈물을 참고 있었다.

"그런 애들을 보호해 준다면 넌 쓰레기야!"

피터가 이렇게 소리치고 뒤돌아서 달려가 버렸다.

콜이 키스를 뚫어지라 노려보았다.

"피터 말이 옳아. 네가 그런 친구들을 원한다면 너도 그런 쓰레기야. 그래도 난 네가 걔들보다 낫다고 생각했어."

키스가 머리를 숙였다.

"내가 막을 수도 있었는데, 난 성숙하지 못했어. 나중에 그 애들에게 비겁한 짓이었다고 얘기하고 함께 어울리지 않겠다고도 했어. 대신 피터에게 이 말을 설명해 줄래?"

"뭘 설명해? 네가 바보였고 낙오자 패거리들에게 맞설 수 없었다고?"

키스가 멋쩍게 웃음을 지었다.

"그래도 시작이 꽤 괜찮은 것 같아."

"괜찮은 시작은 네가 올바른 일을 하는 거야."

콜이 대꾸했다.

"걔들을 배신하라는 말이야?"

"난 옳은 일을 하라는 거야."

그 주 나머지 날들은, 학교에서 다른 제안들이 진행되었다. 한 동아리는 성적 우수 학생들이 공부에 힘든 아이들을 도와주는 프로그램을 시작했다. 학교의 새 신문 창간호인 '우리의 목소리'도 발간되었다. 일면에 교사 평가 등급에 관한 기사가 실렸다.

한 학생이 이렇게 투고했다.

대학에서는 교수들의 등급 평가가 가능하다. 회사는 종업원들이 감독관의 등급을 매긴다. 교사들이 학생들에게 등급 평가를 받고 싶지 않다면, 우리는 학생들의 투표 결과를 외부 웹사이트에 게재하는 암시장 등급 평가제를 시작할 필요가 있다.

투고는 이렇게 끝을 맺었다.

교사들이 부실하게 가르치는데 허락받을 필요가 없다면, 왜 우리가 그들의 등급을 평가하기 위해 허락을 받아야 하는가?

그 기사 때문에 몇몇 교사들이 신문을 폐간하라고 위협했다. 케네디 교장 역시 마뜩잖아 했지만 학생들 편을 들었다.

"학생들이 타인의 관점을 존중하는 한, 나는 신문과 학생들의 표현할 권리를 지지합니다."

"교장선생님이 이 학교를 망칠 거예요."

콜은 복도에서 한 교사가 다른 교사에게 비난하는 소리를 들었다. 얄궂게도 그 교사는 콜의 역사 교사였다. 정말 그 교사의 수업은 지루했다.

우리가 보통 골칫거리는 아니지

교육 위원회의 소식을 기다리는 동안, 콜은 마지막으로 한 번 더 아버지를 찾아가 보기로 작정했다. 방과 후 콜은 시내로 가는 버스를 탔다. 인디언 서머(미국과 캐나다에서 10월에서 11월까지 볼 수 있는 봄날 같은 날씨)라서 날이 따뜻하고 나른했다. 아버지가 조금이라도 변했을까.

아버지는 전혀 변함이 없었다.

"이제부터 날 찾아오려면 전화하고 와. 고객과 함께 있을 수도 있으니."

아버지가 매섭게 야단쳤다.

"그게 아니라 제가 보고 싶지 않은 거겠죠. 아빤 제게 전화를 하거나 절 보러 잠깐 들른 적도 없어요."

아버지가 의자에 앉아서 몸을 뒤로 기댔다.

"네 엄마와 난 요즘 눈도 마주치지 않는다고 말했잖니."

"왜요? 엄만 술을 끊었는데 아빤 그렇지 못해서요?"

"그 건방진 입 조심해! 벌써 말했다시피, 네 엄마와 난 함께 살지 않아. 네 엄마가 학대했다고 날 고소했고, 정부의 사회복지 사업에 날 밀어 넣었으며, 네 양육권을 챙긴 데다, 날 이혼 소송 해결업자에게 보냈기 때문에! 얼마나 더 많은 이유가 필요하니?"

"아빠, 아빤 절 때리고 다치게 했고, 술을 많이 마셨어요. 도움을 거절했기 때문에 제 양육권을 잃은 거예요."

"오, 그러셔. 이젠 내가 도움이 필요한 사람이라는 거니?"

"도움을 받는다고 그게 아빠를 해치진 않아요."

"여기 온 진짜 이유가 뭐냐? 네 엄마가 양육비가 더 필요하다니?"

아버지가 물었다.

콜이 머뭇거렸다.

"여전히 아빠를 사랑하니까 여기 왔어요."

아버지가 몸을 돌리고 표정을 감추려고 서류 상자를 열었다. 아버지 목소리가 떨렸다.

"네 생각엔 내가 그저 실수투성이 어른일 뿐이구나, 안 그래?"

"그렇게 말하지 않았어요."

아버지 목소리가 냉정해졌다.

"잘 들어, 너 자신이나 걱정해."

"아무튼 전 노력하고 있어요."

콜이 대답했다. 아버지가 쳐다보지 않자, 콜은 돌아서서 조용히 사무실에서 나왔다.

"다시는 괴롭히지 않을게요."

콜은 이렇게 말하고 문을 닫았다. 빌딩에서 환한 햇빛 속으로 달려 나오면서 눈물을 흘리지 않으려고 눈을 깜빡였다. 그래도 뺨을 타고 눈물이 흘러내렸다.

그 주가 지난 뒤에, 케네디 교장이 교장실로 콜을 불렀다.

"교육 위원회에서 다음 주 수요일 저녁에 마스코트 변경 제안을 의제로 상정하기로 한 것 같더구나."

교장이 교육 위원회 결정사항을 알릴 책임이 있는 양 알렸다.

콜은 요청이 거절될 거라고 확신했기 때문에, 생각이 복잡해졌다.

"그럼 저희가 뭘 준비해야 해요?"

콜이 물었다.

"전처럼 똑같이 하면 돼. 너희 사례를 분명히 언급하고, 교육 위원회가 서로 나누었을 논쟁이나 질문도 예상하면서 그에 대한 답변을 준비해야지. 교육 위원회는 벌써 너희의 탄원서와 예상 비용은 알고 있을 테니까. 더 많은 학생들이 수요 모임에 나오도록 해야 하겠지."

"왜 제가 그 연설을 해야 하죠?"

교장이 안경을 벗어 탁자에 내려놓았다.

"네 청소년 범죄 파일을 읽어 보았는데 꽤나 불량소년이었더구나. 물건을 훔치려고 가게에 침입했을 때, 무서웠니?"

콜은 곤혹스러워하며 고개를 끄덕였다.

"물론이에요. 체포될까 봐 두려웠어요."

"여전히 또 그런 일이 생길까 봐 두렵니?"

교장이 물었다.

"모르겠어요……, 그건 도발이었어요. 제가 그냥 화가 났던 걸지도 모르고요."

교장이 머리를 끄덕였다.

"실패할까 봐 두렵기 때문에 당장은 연설하는 게 무서울 거야. 그건 체포를 당하는 것과 같을 테니까."

"그건 달라요."

콜이 말했다.

교장이 미소를 지었다.

"넌 문제아로 대담한 일을 많이 저질렀지만, 네 삶을 돌리기 위해 훨씬 더 대담한 일을 했더구나. 네가 키스 병문안을 갔었다고 피터에게 들었단다. 그렇게 하려면 정말 큰 용기가 필요했을 거다."

"하지만 전 동아리 리더가 되고 싶지 않았어요."

콜이 말했다.

"리더는 타고나지. 난 네가 그렇다고 생각한단다. 동아리

활동에서는 리더가 필요해."

교장이 콜을 똑바로 쳐다보면서 말을 이었다.

"넌 비행 청소년일 때 두려워했지만, 그 두려움은 널 막지 못했어. 그러니까 이젠 네가 좋은 일 하는 걸 막아선 안 돼. 두려움은 살면서 네게 신중하라고 말하는 거야. 학교 마스코트가 스피릿베어로 바뀌는 걸 보고 싶지 않니?"

"당연히 보고 싶죠. 그럼 정말 좋겠어요."

콜이 대답했다.

"그렇지, 그럼 자신에게 의문을 갖는 건 그만하자. 그건 네 에너지를 낭비하는 것이니. 소매를 걷어붙이고 일을 실현시켜야지."

콜이 일어나 교장실에서 나왔다. 문 앞에서 뒤돌아보며 콜은 케네디 교장을 찬찬히 살펴보았다. 교장이 꽤나 이 일에 신경 쓰는 듯했다.

"개인적인 질문이 있는데요?"

콜이 물었다.

"뭔데?"

"깡패들이 교장선생님을 해칠까 봐 두렵지 않아요?"

교장이 머뭇거리며 입술을 굳게 다물었다가 대답했다.

"몇 년 전에 골수암으로 남편을 잃었단다."

"죄송해요."

콜이 말했다.

"나도 미안하구나. 남편과 난 오 년 동안 암과 싸웠어. 암과 비교하면 불량배는 그렇게 거칠지 않아."

다음 며칠 동안 콜은 공청회 준비를 하면서 시간을 보냈다. 날마다, 방과 후 동아리 팀원들이 함께 모였다. 비용 때문에 마스코트 변경 제안이 거절당할 수 있었기 때문에, 팀원들은 새 유니폼 입찰에서 학용품 변경 비용까지 첨가해서 보다 더 완벽한 목록을 만들었다. 미술 교사와 작업하면서, 몇몇 팀원들이 교육 위원회에 보여 줄 간단한 스피릿베어 로고를 준비했다.

"대체 누가 불도그 마스코트를 제안했을까? 저 멍청한 개가 누군가를 잡아먹으려고 하는 것 같다니까."

어떤 애가 불평했다.

콜은 모든 경우를 생각해 보려고 애썼다.

"유니폼이 얼마나 오래되었는지 알아봐야 해. 정말 낡았다면, 어찌 되었든 교체해야 할 테니까. 그리고 이번에는 더 많은 학생들이 공청회에 참석해야 해."

수요일 저녁에, 콜은 몹시 걱정되었다. 피터가 일찍 콜을 만나러 와서 둘이서 8백 미터를 걸어 학군 사무실로 갔다.

"교육 위원들이 마음을 바꿀 거 같니?"

피터가 걱정스럽게 물었다.

"그러는 게 좋을 거야, 안 그러면 우리가 골칫거리가 될 테니까.”

콜이 단호히 대답했다.

“그래, 우리가 보통 골칫거리는 아니지.”

의장이 회의 소집을 알리자, 거의 백여 명의 사람들이 회의장에 모여들었다. 콜은 주위를 흘낏흘낏 쳐다보았다. 오늘 밤 키스는 보이지 않았다. 피터와 얘기를 나누었던 그날 밤 이후로는 동아리를 도와주지도 않았다. 지역 신문사에서 온 기자가 한쪽 옆에서 무언가를 쓰고 있었다. 학부모들도 정말 많이 참석했다. 그들이 어느 편에 서느냐에 따라 결과가 좋을 수도 나쁠 수도 있었다. 의장이 회의에 대해 간단히 소개하고 얼마 지나지 않아, 케네디 교장이 슬며시 들어와서 뒷자리 가까이에 혼자 앉았다.

전처럼, 회의는 재정 논의, 봉급 결정 그리고 정책 재검토의 문제로 단조롭게 토론을 이어갔다. 마침내 의장이 알렸다.

“이제 스피릿베어 문제를 토론하겠습니다. 매슈스 군, 학생들의 제안을 설명해 보세요.”

콜은 마이크에 다가가면서 평정을 지키려고 애썼다. 콜은 한 번 더 간략하게 알래스카에 유배를 갔던 경험을 말했다. 그러고는 학교에서 발생한 자살, 파괴 행위와 폭행 사건을 언급했다. 이어서 축구장 주변을 둘러쌌던 학생들의 원형 평결 심사와 마스코트를 바꾸는 제안에 관해 이야기했다.

"스피릿베어는 유배 생활 동안에 저 자신을 이해할 수 있게 도와주었어요. 마스코트가 으르렁거리는 불도그인데 어떻게 저희에게 서로 친절하게 대하라고 요구할 수 있나요?"

"스피릿베어가 매슈스 군을 난폭하게 다루었다고 들었는데요."

교육 위원이 말했다.

"자신을 보호해야 할 때만 그래요. 또한 스피릿베어는 제가 분노를 멈추자 제가 만져도 가만히 있었어요. 학교를 좋은 쪽으로 바꾸고 싶기 때문에 미니애폴리스 센트럴 고등학교 학생들은 마스코트를 스피릿베어로 바꾸고 싶어 해요. 마스코트를 바꾸는 건 그러한 노력을 보여주는 상징이에요. 스피릿베어는 우리 내면의 힘을 표현하고요."

의장이 토론에 대한 발언권을 제시하자, 대여섯 명의 학부모가 마이크로 다가왔다.

"우리 팀은 항상 미니애폴리스 불도그였습니다. 그건 전통입니다!"

첫 번째 어머니가 강력하게 주장했다.

"당장 심각한 건 재정 문제예요. 이런 시기에 마스코트를 바꾸자는 건 무책임한 일이에요. 밴드부와 운동부 유니폼만 바꾸는 데도 2만에서 3만 달러의 비용이 들 겁니다. 운동 경기용 셔츠에 귀여운 작은 테디베어를 박아 넣으려고 그렇게 많은 돈을 낭비하다니요. 말도 안 됩니다."

다음 사람이 항의했다.

콜은 억지로 심호흡을 하며 분노를 잠재웠다. 오늘 밤 이곳에 온 어른들 대부분은 콜의 제안에 맞서 싸우려고 왔다. 대체 무엇을 기대했던 걸까?

"비용 문제에 대해 발언할 사람 있나요?"

교육 위원이 학생 쪽을 바라보며 물었다.

티나 올슨이라는 내성적인 10학년 학생이 마이크 앞으로 다가왔다. 그러고는 매우 사무적인 목소리로 말했다.

"저희는 정말 꼼꼼히 살펴보았어요. 학교의 유니폼들은 대부분 거의 이십 년이 되었어요. 그런 낡은 옷을 입으려는 사람은 없을 거예요. 게다가 로고를 변경하려고 유니폼을 전부 다 바꾸지 않아도 돼요. 일단 운동 경기용 셔츠만 바꾸면 돼요. 밴드부 제복에는 아주 큰 스피릿베어를 만들어 불도그를 싹 덮어 버리면 되고요."

티나가 손에 든 종이 한 장을 내려다보았다.

"저희가 계산한 추정치는 4,386달러 6센트밖에 안 돼요. 저흰 벌써 기금 모금 계획도 짜 놓았어요. 마스코트를 바꾸기 위해 학교에 어떤 비용도 청구하지 않을 거예요."

교육 위원회 위원들이 재빨리 내용을 적을 때 티나 올슨은 제자리로 돌아왔다.

이어서 모습 자체가 불도그처럼 보이는 남자가 마이크 앞으로 나와서 호전적으로 말했다.

"제가 여기 선 이유는 충동적인 애들 패거리로 인해 우리의 전통인 불도그가 파괴되는 걸 허락할 수 없기 때문입니다!"

옹골차게 다부진 남자가 도전적으로 말을 이었다.

"새로운 마스코트 조각상 비용은 어떡합니까? 기술 시간에 조금씩 조각할 수 있는 게 아닙니다."

콜이 알지 못하는 수줍은 남자애가 일어서서 마이크로 다가왔다.

"전 올해 미니애폴리스 센트럴 고등학교에 입학한 신입생이에요. 그런데 오늘 밤 부모님들이 말씀하시는 자랑스러운 불도그 전통이란 걸 학교에서 전혀 못 본 것 같아요. 제가 본 건 불량배 패거리들과 마약뿐이었어요. 그건 대단한 전통이 아니잖아요."

다들 말을 마쳤을 때, 의장이 물었다.

"이 문제에 대해 투표하기 전에 다른 말씀 하실 분 있으신가요?"

케네디 교장이 일어나서 앞으로 나왔다. 이름과 주소를 알려 주고는 말문을 열었다.

"전 오늘 저녁 이렇게 말씀드릴 의도는 없었습니다. 하지만 교육 위원회에서 투표를 하실 때 발생하게 될 일에 대해 알려 드리고 싶군요. 학생들은 그들의 의견이 받아들여지지 않는다면, 아마 감정적으로 크게 동요할 것입니다. 학생들은 공정한 공청회가 이루어지지 않았고 자신들의 목소리가 존중받지 못했다고 여길 겁니다. 마찬가지로 학생들이 승리한다면, 학교 후원금의 상당한 양이 위기에 처하게 되겠지요."

케네디 교장이 연설할 때 교육 위원들이 고개를 끄덕였다. 청중 사이에 학군 위원들이 보였다. 은발의 남자는 감정을 내비치지 않고 신중하게 귀를 기울이고 있었다.

교장이 계속 말을 이어 나갔다.

"모든 사실이 제대로 제시되지 않았다고 주장하게 될 겁니다. 교육 위원님들께서 충분한 정보를 제공받지 못했다거나 투표하기 전에 지역사회에 충분히 공지하지 않았다는 비난도 일겠지요. 많은 학부모님들과 학생들은 오늘 밤 이 문제가 투표로 결정되리라는 점을 인지하지 못했을 테니까요.

심지어 소송의 위험도 있습니다. 제가 장담하는데, 교육 위원회에서 어떻게 투표를 하든, 분노와 갈등의 결과를 가져올 겁니다. 지역사회를 위해 특별 모임을 열 수 있도록 교육 위원회 투표를 연기할 것을 제안합니다."

교장이 말을 마치고 자리로 돌아갔다.

교육 위원들 사이에서 재빨리 말들이 오가더니, 의장이 선언했다.

"저희는 케네디 교장선생님 의견에 동의합니다. 오늘 밤 이곳에 오신 분들의 수를 고려할 때, 좀 더 큰 회의 장소에서 임시 공청회를 열어 여러분의 마지막 의견을 듣고 이 문제에 대해 투표하겠습니다. 날짜와 장소는 곧 게시하겠습니다. 학교 마스코트는 가볍게 다룰 문제가 아니군요."

신문기자가 부리나케 메모장에 내용을 휘갈겨 쓰고 있었다. 의장이 서류를 내려다보며 말했다.

"다음 안건은 학군 개편입니다."

콜과 피터가 다른 학생들과 함께 혼잡한 회의실에서 나오자, 신문기자가 콜에게 다가왔다.

"학교 마스코트 교체가 정말로 학교를 바꿀 수 있다고 생각하니?"

기자가 물었다.

콜은 망설였다.

"저희가 마스코트를 바꾸지 못한다면, 아마 학생들은 자신의 미래를 스스로 만들어 나갈 수 없다고 생각할 거예요. 이건 변화일 뿐이에요."

"고맙다."

기자가 다급하게 손을 흔들어 두어 명의 다른 학생을 멈추어 세웠다.

주차장에서 콜은 떠나려는 케네디 교장을 보자 재빨리 교장에게 달려갔다.

"어떻게 그런 큰 거래를 하셨어요? 저희가 원하는 건 마스코트 바꾸는 거예요. 저흰 누구에게도 상처 주고 싶지 않아요. 학부모님들은 마치 우리가 은행이라도 털고 있는 듯 얘기하잖아요. 저흰 벽의 그림을 바꾸려는 것뿐이에요."

콜이 퉁명스럽게 항의했다.

"난 마스코트가 그보다 훨씬 더 대단하다고 생각했단다. 그렇지 않다면 너희들이 변화를 제안하지도 않았을 테니까. 벽에 페인트칠하는 것만을 위해 이 모든 일을 했던 거니? 그건 너희들 마음을 변화시키는 것이잖아, 테디베어?"

케네디 교장이 대꾸했다.

콜이 머리를 설레설레 흔들어 댔다.

"알아요! 알아요! 선생님 말씀이 옳아요. 그건 훨씬 더 중요하고 훨씬 더 많은 걸 의미해요."

"그럼 그걸 바꿀 수 있도록 행동해야겠지."

교장이 말했다.

콜이 교장을 말똥말똥 쳐다보았다.

"선생님의 생각을 잘 모르겠어요. 학기 초만 해도 변화를 반대하셨잖아요. 그런데 일주일 만에 선생님이 변하신 것 같아요. 이젠 어떻게 생각해야 할지 모르겠어요. 왜 임시 공청회를 요청하신 거예요? 이제 전부 다 다시 싸워야 해요."

교장은 피곤해 보였다.

"왜냐하면 오늘 밤 너희가 패했을 수도 있었으니까."

파이팅, 스피릿베어

이틀 후, 임시 공청회의 날짜가 게시되었다. 11월 7일 목요일 저녁, 고등학교 체육관이다. 갑자기 콜은 관심의 중심이 되었다. 신문에서 인터뷰를 했고 지역의 라디오와 텔레비전 방송국에서 저녁 뉴스의 한 꼭지로 녹음을 했다. 콜은 언론의 주목을 받는 게 싫었다. 모든 사람에게 마스코트의 변화를 지지하도록 권장하는 일 말고는 무슨 말을 해야 할지 확신이 안 섰다. 머리에서 나오는 말보다 마음에서 우러나오는 말이 훨씬 더 영향력이 크다는 건 알았다.

키스는 다른 아이들과 어울리지 않았고 더는 콜에게 말을 걸거나 동아리를 도와주지 않았다. 콜은 키스가 예전 친구들과도 어울리지 않는다는 걸 눈치챘다.

콜은 자신의 제안이 그렇게 큰일이 되리라고는 꿈에도 생각해 본 적이 없었다. 복도에서는 학생들이 연달아 콜을 멈춰 세우고 마지막 공청회에서 어떻게 대응할 것인지 물었다.

"모르겠어."

그럴 때마다 콜은 이렇게 대답했다.

콜은 케네디 교장에게 걱정을 드러냈다.

"저희가 할 수 있는 모든 걸 했어요. 도시와 학교 곳곳에 포스터를 붙였어요. 신문, 라디오 방송국과 텔레비전 방송국이 도와주었지만, 저희가 해야 할 일이 더 있을 것만 같아요."

"한 가지 더 있긴 해. 모든 학생들이 공청회에 나오는 거."

교장이 조언했다.

그 주말에, 콜의 동아리 팀원들은 온 도시를 돌아다니면서 포스터를 붙이며 남은 일분일초를 보냈다.

스피릿베어가 승리하도록 돕자,

멍청이가 아니라 스피릿베어가 되자.

콜은 학교 축구팀이 다음 경기에서 패하자 오히려 기뻤다. 그로 인해 학부모들이 공청회에 와서 학교의 자랑스러운 불도그 전통을 자랑하기 힘들게 되었다.

일요일 밤에는 잠이 오지 않아서 위층 제 침실에서 나와 현관 지붕 위로 기어갔다. 콜은 반듯이 누워서 하늘의 별들을 바라다보았다. 어둠을 마주하자 알래스카의 섬이 떠올랐다. 마스코트를 바꾸는 투쟁이 생각났다. 콜은 세상에 영향을 미치는 걸 원하지 않았었다. 조상에게 경의를 표하고 그들을 자랑스러워하는 것도 원하지 않았었다. 그런데 어떻게 되었나? 섬에서는, 콜이 선택할 게 거의 없었다. 살아남는 것, 요리, 불쏘시개 마련이 해야 할 일의 전부였다. 곤충과 벌레를 먹었고, 심지어 쥐와 자신이 토한 것까지 먹었다. 그렇다고 이곳 생활이 덜 단순한 건 아니었다. 콜의 적은 부상이나 굶주림, 날씨가 아니었다. 교육 위원회와 지역사회의 학부모와 학생들이었다.

월요일, 케네디 교장이 학생들의 공청회 참석을 권하는 방송을 하라고 제안했다.

콜이 말했다.

"고맙습니다. 하지만 학생들은 대부분 방송을 무시해요. 교장선생님께서 체육관으로 모든 학생들을 불러 참석하라고 말씀해 주실 수 없나요? 단합 대회처럼요?"

교장이 머리를 흔들었다.

"학생들의 수업 시간을 더 빼앗을 순 없어."

"다들 호언장담하지만, 위험을 자초하지는 않아요."

콜이 대꾸했다.

"나에 대한 얘기가 아니길 바란다."

"그렇다면 그 말씀은……."

교장이 날카롭게 곁눈질했다.

"매슈스 군, 너랑 거래를 해야겠구나. 내일 아침 체육관으로 학생들을 전부 소집하겠지만, 그 말을 하는 사람은 바로 너다."

"왜 저예요?"

콜이 물었다.

"왜냐하면 누구나 호언장담을 하지만 위험을 자초하는 건 아무나 못 하거든."

그날 밤, 콜은 거의 한숨도 못 잤다. 마음으로 키스와 싸웠지만, 마음으로 교육 위원회와 체육관을 가득 채운 분노한 학부모들과도 맞서 싸울 수 있을까? 콜은 학생들에게 비웃음당하는 꿈을 꾸었다.

다음 날 아침, 말했던 대로 케네디 교장이 전 학생들을 소집했다. 교장이 학생들을 조용하게 만들고 나서 마이크를 콜에게 돌렸다.

"이제는 네게 달렸다."

교장이 속삭였다.

콜은 종이에 하고 싶은 말을 전부 써 놓았지만, 그것을 보자마자, 단어들이 서로 뭉개져 흐릿해졌다. 잠깐 숨을 천천히 고르며 생각을 모으고서 종이를 접고 마음으로부터 연설하기 시작했다.

"교육 위원회가 오늘 밤 일곱 시에 여기 바로 이 체육관에서 마지막 공청회를 엽니다. 여러분에게 제발 참석해 달라고 애원하지 않겠습니다. 다만 여러분을 진심으로 존중하지 않는 어른들이 참석할 것임을 알려 드리고 싶습니다. 그분들은 여러분이 큰 변화를 가져올 수 없다고 생각합니다. 하지만 여기는 바로 여러분의 학교입니다.

지금 우리가 하는 노력으로 이곳에 변화를 가져올 수 있습니다. 이제 신문을 만들고, 다른 학생들의 공부를 도와주는 학생들이 있으며, 복장 규정을 결정하도록 돕는 학생들도 있습니다."

콜이 계면쩍게 웃고는 말을 이었다.

"선생님들은 여전히 우리가 선생님들을 평가하고 등급을 매기는 걸 좋아하지 않습니다. 하지만 우리는 변화를 가져오고 있습니다. 벌써 어른들이 옳지 않다는 점을 증명했습니다. 저는 한 가지 사실을 알고 있습니다. 그건 바로 여러분 개개인이 진심으로 이 일에 신경 쓰고 있다는 점입니다."

콜은 흠칫 놀라는 케네디 교장을 보며 잠깐 뜸을 들였다가 곧장 중요한 사실을 조용히 말했다.

"내일 아침, 여러분은 자리에서 일어나 거울을 보면서 자신이 진심으로 신경을 써서 변화하도록 도왔는지 마주하게 될 것입니다."

콜의 목소리가 더욱 커졌다.

"교육 위원회와 많은 학부모님들이 우리가 신경 쓰지 않는다고 생각할 겁니다. 그러니 오늘 밤 그분들이 틀렸다는 걸 우리가 보여 줍시다!"

두어 명의 외침으로 함성이 시작되었다.

"파이팅, 스피릿베어!"

외침은 서서히 점점 더 커지며 관중석으로 퍼져 나갔다.

"파이팅, 스피릿베어! 파이팅, 스피릿베어! 파이팅, 스피릿베어!"

콜은 맨 앞줄에 앉아 있는 교장을 힐끗 쳐다보았다. 교장이 콜에게 윙크했다.

방과 후, 콜은 피터를 피해 혼자서 집으로 돌아갔다. 여섯 시가 조금 지나자, 콜은 어머니에게 공청회에 관해 알려 주면서도, 학교까지 혼자 걸어가겠다고 주장했다.

"생각할 시간이 필요해요."

콜은 재빨리 샌드위치를 하나 집어 들고 밖으로 나가 다섯 블록을 천천히 걸어갔다. 학교에 도착했을 때, 주차장은 차들로 가득했다. 사람들이 체육관으로 우르르 들어갔다. 다들 농구 경기를 보러 오는 듯 흥분하고 있었다. 콜은 자신에게 모든 일을 시작한 책임이 있다고 곱씹었다. 아직도 마음속 어디에선가 자신이 낙오자라고 생각하고 있었다.

콜은 일부러 관람석 뒤쪽에 홀로 앉아서 불어나는 사람들을 지켜보았다. 온 마음을 집중하며 가만히 눈을 감고서 해안가에 서 있는 자신을 향해 걸어오는 당당한 스피릿베어를 상상해 보았다. 공청회 시간이 다가오면서 곰도 점점 더 가까이 다가왔다.

일곱 시 바로 직전에, 교육 위원들이 도착해 농구장에 마련해놓은 탁자 앞에 각자의 자리를 찾아 앉았다. 체육관은 혼잡했다. 정확히 일곱 시 정각에 의장이 공청회 시작을 알렸다.

"오늘 밤은 자랑스러운 미니애폴리스 센트럴 불도그 마스코트를 스피릿베어로 바꾸는 제안의 마지막 공청회가 열립니다. 교육 위원회는 학생 대표로서 콜 매슈스 군에게 마스코트 변경 제안에 관해 설명해 줄 것을 요구합니다."

콜은 자리에서 일어나 참가자석으로 내려갔다. 자랑스러운 불도그 마스코트라니, 말로 안 된다고 생각하며 콜은 마이크 앞으로 걸어갔다. 이미 교육 위원회에서는 편견을 드러냈다. 콜이 자신을 소개하고 학군 공청회에서 있었던 일을 설명하자 기침소리와 속삭이는 소리가 군중 사이에서 번져나갔다. 곧이어 콜은 심호흡을 하고 마음으로 이야기했다.

"과거 누군가가 이 학교의 마스코트로 불도그를 골랐습니다. 아마도 그것은 그분들에게 좋은 자극이었을 겁니다. 하지만 마스코트는 여러분이 누구인지와 여러분이 이루려고 노력하는 그 무언가를 나타냅니다. 지금 이 학교는 불량배 패거리들, 마약, 폭력이 난무합니다. 차별과 증오가 존재합니다. 그것이 여러분이 그렇게 자랑스러워하는 불도그 전통입니까?

많은 학생들과 선생님들이 이것을 바꾸고 변화를 위해 노력하기로 마음을 다잡았습니다. 그것을 이루기 위해 우리는 다르게 생각하고, 행동하고, 느껴야 합니다. 우리에겐 변화가 필요합니다. 새 마스코트가 모든 걸 해결하지는 못하지만 우리가 성취하려고 노력하는 무언가의 상징이 될 것입니다."

콜은 교육 위원들을 슬쩍 돌아보았다.

"우리가 마스코트를 바꾼다고 해도, 불도그는 여전히 여러분의 기억 속에서 좋은 추억으로 남을 겁니다. 여러분은 자신의 미래를 결정했습니다. 우리도 똑같은 일을 할 수 있게 허락해 주시길 부탁드립니다."

콜은 제자리로 돌아왔다.

마이크가 윙윙거리더니 의장이 알렸다.

"오늘 저녁 여기 오신 분들이 너무나 많은 관계로, 시간이 매우 쪼들릴 것 같군요. 개인당 발언 시간을 일 분으로 엄격히 제한하겠습니다. 두 줄로 서 주세요. 마스코트 변경을 반대하는 분은 오른쪽으로, 찬성하는 분들은 왼쪽으로 서 주십시오. 한 줄씩 번갈아서 발언하십시오."

학생들과 어른들이 의견을 주장할 줄에 서기 위해 관중석에서 쏟아져 내려왔다. 몇몇 아이들이 마스코트 변경을 반대하는 줄로 갔지만, 그곳에는 주로 어른들이 있었다. 그와는 달리 변경을 찬성하는 줄에는 어른들이 대여섯 명뿐이고, 대부분이 아이들이었다. 그 모양이 마치 학생들과 어른들의 대결처럼 보였다.

가장 먼저 발언한 사람은 빨강 머리 여자애였다. 여자애가 마이크 앞으로 걸어 나와서 말했다.

"전 스스로 변하고 싶기 때문에 우리 마스코트가 스피릿베어로 바뀌길 원해요. 제가 무언가에 이렇게 몰두해 보기는 처음이에요. 그리고 제 시간을 낭비하지 않길 바라요."

이어서 누군가의 할아버지처럼 보이는 남자가 화를 내며 말했다.

"내 인생이 그리 큰 도움이 되진 않겠지만, 난 모든 경기에 참여했었소. 이기든 지든 난 항상 불도그일 거요. 여러분은 단순히 이런 식으로 투표할 수는 없소. 몇몇 학생들이 이렇게 깜찍한 생각을 했다고 이걸 허용할 수는 없단 말이요."

학생과 어른이 한 사람씩 차례차례 번갈아서 발언했다. 한 교사가 말했다.

"여러분 중에서 마스코트 변경 비용을 걱정하는 분들이 계실 겁니다. 그것이 중요할지도 모르지만, 진정한 비용은 학생들이 흔들리고 스스로 자신의 미래를 관리하도록 배우지 못한다는 것입니다. 자살한 학생인, 트리쉬 에드워즈가 돌아올 수 있다면 전 십 년 치 제 봉급을 내놓겠습니다. 학생들의 패배가 무슨 가치가 있을까요? 마약 중독 비용은 어떻고요? 비용을 말씀하시려면, 여러분이 학생들의 꿈을 부정할 때의 실질 비용에 대해 말씀하십시오."

이어서 반대쪽 줄에서 한 여자가 걸어 나왔다.

"저는 개인적으로 마스코트 변경에 반대합니다. 하지만 이 학생들이 마음으로 자신의 미래를 변화시키고 만들어 나가려 한다는 얘기를 들은 후에, 이렇게 말하고 싶습니다. 불도그는 우리의 정체성이자 우리의 미래였습니다. 하지만 과연 우리가 이 학생들에게 그들의 정체성과 미래가 어때야 한다고 왈가왈부할 수 있을까요? 지금 이곳은 그들의 학교이지 우리의 학교가 아닙니다."

요란한 박수가 학생들에게서 터져 나왔다. 의장이 질서를 지키라고 의사봉을 두드렸다.

사람들이 연설할 때마다, 감정이 점점 더 격해졌다. 지역 목재상 주인이 일어나서 말했다.

"난 항상 미니애폴리스 센트럴 고등학교의 불도그로서 내 고등학교 시절을 기억할 것입니다. 하지만 사업가로서 미래를 지지합니다."

목재상 주인이 학생들을 가리켰다.

"여러분은 미래입니다. 여러분은 오늘 여기에 참석해서 여러분의 탄원서로 말해왔습니다. 우리가 마스코트를 바꾼다면, 올슨 목재상에서는 여러분이 마스코트 변경 기금을 모을 때마다 일 달러를 보조할 것을 약속합니다."

학생들이 휘파람을 불어 젖히며 환호하자 의장이 다시 조용히 하라고 의사봉을 두드렸다.

공청회는 시작된 지 두 시간이 지난 후에 끝났다. 교육 위원들이 상의하더니 케네디 교장을 마이크 앞으로 불렀다.

"오늘 저녁 이곳에서 우리가 어떤 변화를 결정하든 여러분 학교의 행정에 영향을 끼칠 것입니다. 이러한 이유로 교육 위원회는 케네디 선생님께 미니애폴리스 센트럴 고등학교 교장으로서의 생각과 판단을 묻겠습니다."

의장이 이렇게 말했다.

교장이 마이크 앞으로 종이 한 장을 가져왔지만 쳐다보지 않고 말했다.

"많이 늦었습니다. 그래서 몇 가지 생각을 빨리 말씀드리지요. 학기 초에 이 학교는 통제 불능이었습니다. 우리 학생들이 필요로 하는 것은 체계화, 목표, 자제력, 자존감, 위엄과 자주적 결정이었습니다. 전 유감스럽게도, 새 교장으로서 학생들에게 집중하기보다는 장학사, 학부모, 교사와 교육 위원회를 기쁘게 하는 데 관심이 더 많았습니다. 학생들에게 책임감을 가지라고 요구했지만 두려움과 위협이 없는 학교를 이루기 위해 거의 한 일이 없습니다."

교장이 말을 잇기 전에 혼잡한 관중석을 훑어보았다.

"전 학생들에게 자신의 삶을 평가하고 행동을 바꾸라고 요청했습니다. 모든 열정을 한곳에 모아서 그들의 미래를 그들이 믿는 것에 걸라고 요구했습니다."

교장이 아련하게 미소를 지었다.

"전 정말로 호언장담했습니다. 선생님들께 학생들을 위해 하는 일이 직업을 지키는 것보다 더 중요하다고 말입니다. 하지만 전 저 자신의 충고를 따르지 않았습니다. 오늘 밤, 그건 바뀌어야 합니다. 학생들은 선언했고 전 그들을 지지합니다."

교장이 콜과 피터를 건너다보았다.

"제가 가르쳐 주었던 것보다 더 많은 것을 제게 가르쳐 준 두 소년이 여기 있습니다. 우리가 안정만 택한다면 좋은 교육자가 될 수 없다고 가르쳐 주었습니다. 그것이 교육을 위해 필요한 조건이라면, 날마다 모든 위험을 감수해야 할 것입니다. 처음 부임했을 때 저의 첫 번째 관심사는 학생들이어야 했습니다. 죄송한 말씀이지만, 불도그는 더 이상 이 학교에서 힘, 용기나 존중을 보여 주지 않습니다. 학교 입구 바깥에 서 있는 그저 망가진 조각상이며 이 체육관 벽에서 송곳니를 드러내고 으르렁대는 모습일 뿐입니다."

케네디 교장이 의장에게 걸어가서 손에 든 종이를 건네더니, 마이크 앞으로 돌아왔다.

"그건 제 사직서입니다. 자신의 미래를 스스로 만들어 나가려고 마스코트를 좀 더 의미 있는 무언가로 바꾸려는 학생들의 요구를 거부한다면, 저는 미니애폴리스 센트럴 고등학교의 교장으로서 교육 위원회에 제 사직서를 제출하니 받아주시길 정중하게 요청합니다."

교장이 관람석으로 돌아오자 예기치 않은 침묵이 체육관을 뒤덮었다.

관람석에서 한 외침이 튀어나왔다.

"파이팅, 스피릿베어."

다른 학생이 소리쳤다.

"파이팅, 스피릿베어."

그러자 군중 사이로 흥분된 웃음의 물결이 일며 퍼져 나갔다. 그날 일찍 울렸던 산발적인 외침은 더 빨리 합창이 되어갔다.

"파이팅, 스피릿베어! 파이팅, 스피릿베어! 파이팅, 스피릿베어!"

콜은 시선을 돌려 체육관을 둘러보았다. 학생들과 어른들이 일어서서 입을 모아 한목소리로 외치고 있었다.

의장이 조용히 하라고 탁자에 의사봉을 계속 쳤지만, 합창 소리는 점점 더 커지며 우레 같은 환호성이 되었다.

"파이팅, 스피릿베어! 파이팅, 스피릿베어!"

온 체육관 사람들이 거의 다 일어섰다. 콜과 눈이 마주치자 교장이 엄지를 척 세웠다.

의장이 질서 회복을 포기했다. 귀청이 터질 듯한 합창 소리가 체육관을 가로지르며 앞뒤로 왔다 갔다 울리자, 교육 위원들이 투표용지에 표기해서 의장에게 건넸다.

의장이 신중하게 표수를 계산했다.

할아버지의 선물

콜은 숨을 죽였다. 의장이 의사봉을 세게 두드리고 입 가까이 마이크를 당겼다. "힘내라, 스피릿베어!"라고 외치던 합창 소리가 마지못해 잦아들더니, 한껏 고조된 분위기에서 어색한 침묵만이 이어졌다.

"이 제안이 통과되려면 교육 위원님들 가운데 삼분의 이가 찬성해야 합니다. 오늘 투표는 찬성 일곱, 반대 둘입니다."

의장이 공표했다.

콜은 수학이 이렇게 좋았던 적이 없었다. 순식간에 아홉 중 일곱의 표가 정족수 삼분의 이인지 아닌지 생각하며 계산했다. 우레 같은 박수 소리가 의심의 여지를 싹 씻어 냈다.

"이 변경의 세부사항은 다음 달에 안출하겠습니다."

의장이 박수 소리와 휘파람 소리 너머로 모두에게 들리도록 큰 소리로 덧붙였다. 그러고는 케네디 교장의 사직서를 들고서 알렸다.

"이렇게 할 수 있게 되어 매우 기쁘군요."

의장이 사직서를 반으로 찢었다.

"또한 제가 공식적으로 외치는 첫 번째 사람이 되고 싶군요. 파이팅, 스피릿베어!"

"파이팅, 스피릿베어! 파이팅, 스피릿베어. 파이팅, 스피릿베어!"

또다시 체육관에 함성이 울렸다.

콜은 지금 일어나고 있는 일이 죄다 믿기지 않았다. 사실일까? 곰에게 난폭하게 공격을 당한 후 보트에서 의식을 차렸을 때 똑같이 느꼈던 기억이 떠올랐다. 얼른 꿈에서 깨어나길 기다렸었다. 하지만 섬에서 구출된 일은 꿈이 아니었다. 오늘밤도 마찬가지로 꿈이 아니다.

학생들과 어른들이 콜에게 떼 지어 몰려와서는, 고맙다며 축하를 건넸고, 손을 흔들고 등을 툭툭 쳤다. 피터가 달려와서, 펄쩍 뛰며 큰소리로 외쳤다.

"우리가 이겼어! 우리가 이겼어!"

콜은 피터를 힘껏 안아서, 번쩍 들어 올리고 한 바퀴 빙 돌았다.

"그래, 우리가 이겼어."

콜이 큰 소리로 되받아쳤다. 카메라가 번쩍거렸고 여기저기서 사람들이 쉬지 않고 손뼉을 쳤다.

콜은 피터를 안아 빙 돌렸다. 그때 옆에 있던 키스가 피터에게 손을 내밀었다.

"정말 미안해. 누가 널 해쳤는지 교장선생님께 말씀드렸어."

"네가 배신했다고?"

피터가 깜짝 놀라며 물었다.

키스가 머리를 흔들었다.

"그건 배신이라고 할 수 없어. 처음부터 내가 해야 할 일이었어."

키스는 계속 손을 내밀고 있었다.

피터는 여전히 망설였다.

대소동 때문에 말소리가 잘 들리지 않았다.

"용서함으로써 변화가 시작될 수 있어."

콜이 피터에게 소리쳤다.

천천히 피터가 손을 뻗어 키스의 손을 흔들었다.

"파이팅, 스피릿베어!"

콜이 둘의 어깨를 툭 치며 외쳤다.

케네디 교장이 다가와서 콜을 세게 안았다.

"오늘 밤 너와 피터가 모두를 위해 새로운 현실을 만들었구나."

"교장선생님께서 도와주신 덕분이에요. 사직서를 내시다니 믿기지 않아요."

콜이 말했다.

교장이 미소를 지었다.

"우리는 모두 사활을 걸어야 했어. 내가 너희를 자랑스러워 한다는 것만 알아 둬. 우리 학교가 정말 자랑스럽구나."

"콜 매슈스 군! 오늘 밤 여기서 일어난 일을 어떻게 생각하나요?"

텔레비전 기자가 카메라를 돌리며 소리쳤다.

"저희가 이겼어요! 저희가 이겼어요!"

콜이 대답할 수 있는 전부였다.

떠나기 전에 교육 위원들이 걸음을 멈추고 한 사람씩 축하를 건넸다. 학생들이 계속 콜과 악수를 하였다. 콜은 눈길을 돌려 체육관에서 일렬로 이동하며 줄어드는 군중을 재빨리 훑어보았다. 어떤 모습 하나가 콜의 시선을 붙잡았다. 아버지가 움직이는 군중과 달리 멈추어 서서 콜을 뒤돌아보고 있었다. 눈 깜짝할 사이에 둘의 눈이 마주쳤다.

"잠깐만요."

콜이 사람들의 말을 끊었다.

"잠깐만요. 곧 돌아올게요."

콜이 막 체육관을 가로지르는데, 아버지가 몸을 돌려 군중 속으로 사라졌다. 콜이 미친 듯이 두리번거리며 밖으로 달려 나갔지만, 아버지는 보이지 않았다. 콜은 느릿느릿 체육관으로 돌아갔다.

"어디 갔었니?"

어머니가 물었다.

"아무 데도 안 갔어요. 그냥 오랜 친구를 봐서요."

콜이 대답했다.

피터는 미소 짓는 부모 사이에 서서, 아직도 "우리가 이겼어! 우리가 이겼어!" 라고 외치고 있었다.

가비가 콜에게 말을 걸었다.

"네가 이렇게 대단한 달변가인 줄 몰랐구나. 넌 마음으로, 머리로 그리고 입으로 그들을 이겼어."

가비가 농담하듯 말했다.

"도와주신 덕분이에요."

콜이 인사를 건넸다.

가비가 손을 모아 쥐고 콜의 귀에 대고 외쳤다.

"너의 아버님께서 오늘 밤 여기 오셔서 원형 평결 심사가 어른도 도와줄 수 있는지 물으시더구나."

"뭐라고 하셨어요?"

"아버지께서 변하고 싶다면 도와줄 수 있다고 했단다."

"아빠가 그 말만 했어요?"

"어이, 이제 시작이야."

콜의 어머니가 다가와서 콜을 껴안았다.

"네가 정말 자랑스러워. 차 타고 집에 갈래?"

콜은 피터를 건너다보았다.

"늦었다는 거 알지만 아이스크림을 먹으면서 축하하면 좋을 것 같아요."

콜의 어머니가 고개를 끄덕이며, 피터 부모님에게 돌아섰다.

"피터가 저희와 함께 가도 될까요?"

피터 아버지가 콜에게 다가와서 손을 내밀어 굳게 악수했다.

"내 아들을 다치게 한 애에게 이런 말을 할 날이 올 거라곤 생각도 못 했단다. 하지만 오늘 밤 너희 둘 다 정말 자랑스럽구나. 우리가 너와 함께 가도 되겠니? 아이스크림은 내가 살게."

콜이 고개를 끄덕였다.

"아저씨도 함께 가실래요?"

콜이 가비에게 물었다.

"그럼 영광이지."

가비가 대답했다.

콜은 체육관 벽에서 으르렁대는 불도그를 쳐다보면서 믿을 수 없다는 듯 미소를 지었다. 이제는 불도그가 사나워 보이지 않았다.

다음날, 케네디 교장이 곧바로 불도그 조각상을 철거하고 체육관 벽의 마스코트를 교체하는 데 동의했다. 그러고는 약속했다.

"미술부가 당장 작업을 시작하게 하마. 불도그 조각상을 스피릿베어로 교체하는 데는 시간이 좀 더 걸릴 거다. 우리가 원하는 형태로 제대로 만들려면 말이다."

콜과 피터가 동의했다.

정오에, 학생들은 빛바랜 불도그를 페인트로 덮어 버리는 작업을 돕기 위해 모여들었다. 붓을 놀려 사나운 마스코트의 마지막 부분을 페인트로 덮어 버리자 다들 환호했다.

"파이팅, 스피릿베어!"

학생들이 입을 모아 합창했다.

콜은 서서 지켜보았다. 감동이 밀려왔다. 눈앞이 흐려졌고 계속해서 숱한 감정을 삭여야 했다. 섬에서 조상바위를 날랐을 때, 그 돌덩이는 앞서 살았던 온 세대의 조상들을 상징했다. 자신의 삶을 낭비한다면, 콜은 그들의 유산을 낭비하는 것이다. 이 순간 지금 여기 체육관에서 형성된 유산은 이제 다음 세대에 전해 주어야 할 유산의 일부가 되었다.

금요일 즈음, 미술 교사와 학생들이 체육관 벽에 스피릿베어의 밑그림을 그렸다. 4교시에 콜은 지루한 역사 수업을 듣고 있었다. 창밖으로 슬쩍 시선을 돌렸더니 사방팔방 눈보라가 휘날리고 있었다. 완연한 가을, 계절답지 않게 온화한 날이 계속되더니, 어느새 북쪽에서 세찬 바람이 불어와 유리창을 지나 보도에 눈발을 날리고 있었다.

그날 오후 수업이 끝나자, 콜은 사물함 옆에서 피터를 만났다.

“눈 오는 거 봤니?”

피터가 물었다.

“어, 이제 겨울이야.”

“야, 그 할아버지 봤니?”

콜이 머리를 흔들었다.

“할아버지가 카트에 마른 소나무 그루터기를 나르는 걸 본 뒤론 못 봤어.”

“방과 후에 엣투를 할아버지께 갖다 드릴 거야. 따뜻하게 지내려면 그게 필요해.”

피터가 말했다.

콜은 언쟁하지 않았다. 섬에서 화려한 담요를 피터에게 준 건 치유 과정의 일부였다. 그것은 신뢰한다는 걸 보여주었다. 그것을 다른 사람에게 넘기는 건 피터에게도 중요한 과정이다.

“괜찮지, 너도?”

피터가 물었다.

“내가 신경 쓴다고 뭔 차이가 있니?”

“아니.”

“그럼 왜 나한테 물어봐?”

“할아버지께 그걸 주는 걸 네가 도와줬으면 좋겠으니까.”

피터가 인정했다.

“네가 그 할아버지를 신뢰한다고 생각했는데. 그러니까 엣투를 주려는 거잖아."

"맞아. 하지만 우리가 친구이기 때문에 함께 갔으면 좋겠어."

콜이 빙그레 웃으며 고개를 끄덕거렸다.

"물론이지."

한껏 부푼 마음으로, 그들은 담요를 가지러 피터 집으로 향했다. 콜도 피터도 장갑을 끼지 않아서 손가락과 뺨이 세차게 부는 호된 바람 때문에 마비될 지경이었다. 그들은 재킷 지퍼를 끝까지 잠그고 머리를 푹 숙여 귀를 보호했다.

피터 집에서, 콜은 피터가 엣투와 손전등을 가지러 제 방으로 달려가자 현관문 안에서 기다렸다.

피터가 돌아왔을 때, 알록달록 화사한 담요를 보자 콜은 온갖 기억과 감정의 홍수가 되살아났다. 콜은 엣투를 조심스럽게 펴서 어깨에 걸쳐 보았다. 꼭 눈을 감고서, 콜은 부드러운 울에 얼굴을 묻고 잠깐 동안 조상들이 그들의 삶으로 자신을 감싸도록 내버려 두었다. 조상들의 존재와 보호가 느껴졌다.

"여보세요, 콜 정신 차려."

피터가 말했다.

콜이 눈을 뜨고 담요를 다시 접었다.

"자, 이제 가자."

말없이 피터와 콜은 폐건물로 걸어갔다.

"할아버지가 저 안에 계실까?"

피터가 묻자 차가운 공기에 허연 입김이 나타났다.
"오늘 같은 날씨에, 다른 데 계시겠냐?"
조심조심 두 소년은 부서진 정문 사이로 미끄러지듯 들어갔다. 식료품 카트가 사라지고 없었다. 계단 꼭대기에서 피터가 찰칵 손전등을 켰다.
"저기요, 할아버지! 저어흐희가 무얼 좀 가져왔어요."
콜이 소리쳤다.
"여보세요, 그 아래 아무도 안 계세요?"
그들의 목소리가 축축하고 컴컴한 계단에 메아리쳤다
"내려가서 할아버지를 위해 이걸 두고 가자."
콜이 말했다.
"그럼 엣투가 얼마나 중요하고 특별한지 할아버지께 설명해 줄 수 없잖아."
피터가 반대했다.
"너 다시 오고 싶어?"
"모르겠어."
피터가 쭈뼛쭈뼛 계단 아래를 내려다보며 대꾸했다. 손전등으로 어둠을 살폈다.
콜이 따라갔다.
"손전등으로 비춰 봐."
그들이 바닥에 다다르자 콜이 말했다. 노인이 살았던 모퉁이에 불빛을 비추었는데, 도무지 이해가 안 갔다. 모든 것이 사라지고 없었다.

매트리스도, 탁자로 쓰던 두꺼운 종이상자도 없었다. 단지 나무 부스러기뿐이었다. 온 바닥이 갓 깎아낸 나무 부스러기로 덮여 있었다. 콜은 이리저리 빈 공간에 불빛을 비추었다. 아무것도 없었다. 그곳에 있었다는 표시 하나 남기지 않고 노인이 사라져 버렸다. 벽과 천장에 거미줄이 늘어져 있고, 매트리스가 놓여 있던 바닥에는 먼지가 뽀얗게 쌓여 있었다.

"하아알아버지가 어디 가신 걸까?"

피터가 물었다.

"어쩌면 여기 없었던 걸 수도 있어."

콜이 대답했다.

"할아버지가 여기 없었다니 무슨 말이야? 우리가 할아버지를 봤잖아. 손전등 좀 줘 봐."

피터가 손전등을 움켜쥐었다. 거의 미친 듯이, 노인의 흔적을 찾아서 방 안을 둘러 불빛을 비추었다.

그때 무언가 눈에 들어왔다.

피터가 한쪽 구석에 놓여 있는 큼지막한 물체에 손전등 불빛을 고정시키자 두 소년은 흠칫 숨을 멈추었다.

"저건 곰이야."

콜이 소곤거렸다.

"스피릿베어."

피터가 나지막이 되받았다.

아름다운 흰 곰이 나무 부스러기에 둘러싸인 채 서 있었다. 소나무로 조각한 듯한 곰은 발톱에서 눈에 이르기까지 모든 디테일이 생생하게 살아 있는 듯 보였다. 120센티미터가 넘는 곰은 한 발을 들어 올리고 머리는 옆으로 살짝 기울인 채, 미래를 내다보는 듯 앞을 응시하고 있었다. 불빛이 곰의 얼굴에 닿자 온화함과 호의, 강인함이 느껴졌다.

콜과 피터는 한동안 말을 잃고 서 있었다.

"하아알아버지가 왜 저걸 조각했을까?"

마침내 피터가 물었다.

"불도그 조각상을 대신하라고."

콜이 과감히 대답했다.

"그런데 우리에게 저게 필요하다는 걸 어떻게 알았을까?"

콜이 어깨를 으쓱였다.

"우리가 이해하지 못하는 일이 세상엔 너무나 많아. 어떤 일이 왜 일어날까? 알래스카의 스피릿베어가 왜 계속해서 우리를 따라다녔을까?"

피터가 엣투를 집어 들었다.

"그럼 이제 이건 어떻게 하지?"

"학교 실내에 이 곰을 전시하면, 모든 학생들이 볼 수 있게 아래에 엣투를 펼쳐놓자."

"우리 조상님을 떠올릴 수 있게?"

피터가 물었다.

콜이 고개를 끄덕이며 경건하게 속삭였다.

“그리고 우리 각자가 중요한 사람이며 원형 평결 심사의 일부임을 일깨워도 주고.”

그들은 조용히 할아버지의 선물을 들어 올렸다. 둘이서 균형을 맞추며, 스피릿베어를 어두운 계단 위로, 문을 지나 바깥 세상 속으로 옮겼다.

작가의 말

십대의 나는 골칫거리 문제아였다.

내가 문제아가 된 건 일종의 생존 전략이었다. 내 삶의 한 지점에서 나는 피해자 피터였고, 또 다른 점에서 가해자 콜이었다. 자신의 삶을 멋지게 다루면 삶이 멋져진다는 걸 발견했을 때는, 지혜로운 인디언 가비처럼 되었다.

《스피릿베어》를 마쳤을 때, 나는 이야기가 끝나지 않았다고 생각했다. 나는 언제나 콜과 피터가 대도시로 돌아왔을 때 해야 할 일을 상상하고 있었다. 내 마음속에서 생존의 실제 시험은 일단 그들이 현실로 돌아왔을 때 발생할 일들이었다.

그들은 섬에서 변했을지 모르지만, 상황이 전혀 바뀌지 않은 대도시 고등학교로 돌아왔다. 그곳에는 여전히 문제 학생, 불량배와 마약이 판을 치고 있다. 콜과 피터가 마음으로 변화했는지에 관해 진정한 시험이 찾아 온 것이다.

그리고 그들은 성공했다.

나는 처음부터 그들이 섬에서 배운 교훈을 발판 삼아서 새 교훈을 배울 거라는 걸 알고 있었다. 그게 삶의 방식이니까. 우리 모두는 항상 배우고 있기 때문이다.

벤 마이켈슨

옮긴이의 말

《스피릿베어의 기적》은 《스피릿베어》의 후속 작품이다.

전편인 《스피릿베어》에서 골칫거리 문제아 콜은 한 가게에 침입하고, 이를 밀고한 피터를 불구가 되도록 폭행해 경찰에 연행된다. 늘 잘못을 저지를 때마다 빠져나가도록 도움을 주던 부모가 이번에는 외면해 버린다. 콜이 범법자가 되어 교도소에 갇힐 위기에 처했을 때, 인디언 보호관찰관 가비가 최후의 기회를 제안한다. 바로 외딴 섬으로 유배를 가서 일 년을 홀로 지내는 일이다.

콜은 그곳에서 분노를 참지 못하고 예전과 다름없이 섣부르게 행동한다. 자신이 지낼 오두막을 태워버리고 섬에서 탈출을 시도한다. 스피릿베어를 보고는 무모하게 덤벼들었다가 목숨을 잃을 뻔한다. 하지만 그 절체절명의 순간에 삶의 소중

함을 깨닫는다. 거대한 순환, 곧 자연에 순응하며 겸손의 가치를 배우게 된다. 자신으로 인해 고통을 겪는 피터가 이를 극복하도록 온 마음을 다해 돕는다. 그 결과 두 소년은 자신의 분노를 다스리고 서로를 보듬으며 새롭게 거듭난다. 그런데 현실로 돌아왔을 때 그들은 어떻게 될까?

《스피릿베어의 기적》은 현실로 돌아온 콜과 피터의 이야기를 그린다. 그들이 돌아온 학교는 폭력과 차별이 난무하는 곳이다. 불량배들이 판을 치며 자신과 다르다는 이유로 약자를 괴롭히고 따돌린다. 콜은 때로는 몸으로 때로는 머리를 써서 과감히 폭력에 맞선다. 섬에서 둘이 지내며 분노와 번뇌를 다스릴 때와는 상황이 달라졌다. 둘은 매번 한계를 느끼며 좌절하고 괴로워한다. 신체에 직접적으로 가하는 폭행에 큰 상처를 받지만 다르다는 이유로 퍼붓는 언어폭력은 둘의 마음에 더 큰 상처를 준다.

콜은 폭력에 폭력으로 맞서면 유죄판결을 받고 교도소로 직행하기에 소극적으로 대처할 수밖에 없다. 하지만 피터가 괴롭힘을 당하자 맞서 싸우기도 한다. 콜과 피터는 서로 도우며 힘겹게 대처한다. 꾀를 써서 불량배들을 피해 보지만, 폭행을 당하고 가해자를 고소한다. 하지만, 보호관찰관 가비는 다른 방법을 찾아보라며 마음으로 맞서 싸우라고 조언한다. 콜과 피터는 어떻게 대처해야 할까?

벤 마이켈슨은 《스피릿베어의 기적》을 쓰게 된 계기의 하나로 1999년 4월 20일에 미국에서 일어난 컬럼바인 고등학교 총기 난사 사건을 예로 들었다. 이 사건은 학교에서 왕따를 당했던 두 학생이 열두 명의 학생과 한 명의 교사를 죽이고, 다른 스물세 명의 사람들을 크게 다치게 하고 자살한 사건이었다.

당시 사건은 세상에 큰 충격을 주었다. 마이클 무어 감독은 〈볼링 포 콜럼바인〉이라는 다큐멘터리 장편 영화를 만들기도 했다. 감독은 이 영화에서 타인에 대한 공포와 적대를 생산하는 미국의 국내외 정책이 사건의 진짜 원인이라고 주장했다.

작가는 어린 시절 다른 곳에서 형성된 정서와 분노에 대처하는데 평생이 걸릴 것이라고 말한다. 작가는 남들과 생김새가 다르다는 이유로, 다른 나라에서 이민 온 약자이기에, 폭력과 괴롭힘을 당하면서 힘겨운 학창시절을 보냈다. 하지만 삶의 상황에 따라 자신이 피터 드리스칼이 되기도 하고 콜 매슈스가 되어 대처했다. 스스로의 삶을 능동적으로 다루며 근사해질 때는 가비가 되기도 했다.

아마도 자신에게 주어진 일을 어떻게 바라보고 대처하느냐에 따라 상황이 달라진다는 말일 것이다. 가비는 자신의 바깥에서 일어나는 일을 처리하기 어렵다면 자신 안에서 일어나는 일을 다스리라고 말한다. 쉬운 말이면서도 행동으로 옮기기에 어려운 말이다. 스스로 통제할 수 있는 부분이지만 마음대로 쉽게 대처하기 힘들기 때문이다.

하지만 어려운 일일수록 이루어냈을 때 그 진가는 더욱 빛이 날 것이다. 따라서 내 마음대로 안 된다고 포기하지 말고 굳세게 앞으로 나아가길 바란다. 자신의 미래는 자신의 것으로 어떻게 선택하고 결정하느냐에 따라 달라지는 것이기에.

이승숙

옮긴이 이승숙

오랫동안 외국의 좋은 어린이 책과 청소년 책을 찾아서 우리나라에 소개하는 일을 해 왔습니다. 지금은 어린이들이 재미있게 읽을 수 있는 책을 직접 쓰고, 다른 나라의 책을 우리말로 옮기고 있습니다. 옮긴 책으로 《하늘 어딘가에 우리 집을 묻던 날》《로널드는 화요일에 떠났다》《빙하 표류기》《샤워하는 올빼미》 등이 있고, 쓴 책으로 《출동, 소방관!》《달려라, 달려!》《세계 지리, 어디까지 아니?》 등이 있습니다.

스피릿베어의 기적

1판 1쇄 발행 2017년 4월 17일 | 1판 3쇄 발행 2019년 2월 24일

지은이 벤 마이켈슨 | 옮긴이 이승숙
펴낸이 조재은 | 펴낸곳 (주)양철북출판사
등록 제25100-2002-380호(2001년 11월 21일)
편집 박선주 김명옥 | 디자인 육수정 | 마케팅 조희정 | 관리 정영주
주소 서울시 마포구 양화로8길 17-9
전화 02-335-6407 | 팩스 0505-335-6408
ISBN 978-89-6372-231-3 03840 | 값 11,000원

카페 cafe.daum.net/tindrum
블로그 blog.naver.com/tin_drum
페이스북 facebook.com/tindrum2001
잘못된 책은 바꾸어 드립니다.